破滅的倒懸者 1

內閣情報調查室「特務搜查」部門CIRO-S

The Hanged Man falls into ruin.

吹井賢

「我會賭上性命，但完全不打算死。」

戻橋東彌

Modoribashi Toya

俊美的三流私立大學生。擁有陰鬱風格的美貌，但骨子裡是個賭博狂，一定要賭上性命，才能感受到自己活著，是個麻煩人物。最討厭暴力和謊言。

雙岡珠子

Narabigaoka Tamako

被分配到隸屬內閣情報調查室卻完全機密的特務搜查部門（通稱ＣＩＲＯ－Ｓ）的新進調查員。個性一本正經，總是秉持正義的原則，負責搜查「非比尋常」的事件。

「像你這種有自殺傾向的人太危險了，我不能放下你不管。」

Contents

輕文學
Light Literature

序幕

「要不要跟我賭賭看？」

少年如此提議之後，周圍的人都做出同樣的反應。

眾人首先懷疑是不是自己聽錯了，接著看他的臉，理解到他是一本正經在發言，便開始嘲笑他的愚蠢。有的發出笑聲，也有人低著頭、抬起嘴角露出不可置信的表情。總之，所有人都泛起笑容。

沒有笑的，只有發言者一人。

只有坐在異常寬敞的會客室中央的少年。

這名少年留著幾乎遮住眼睛的長瀏海。他緩緩環顧四周，檢視繪有龍與老虎圖案的室內擺飾，或者該說是氣勢懾人的古董品。氣勢懾人的不只有物品，還有人。除了少年以外，所有人身上的某個部位都有刺青，面貌絕對稱不上良善，一眼就能看出是「道上的人」。

道上的人，也就是以暴力為業的人。

「你說要賭賭看？」

坐在正面沙發的中年男子這麼問，少年便點頭說「嗯」，然後繼續說：

「已故的雙親向你們借錢，而且不知不覺就累積到龐大的金額……大概有五百萬，對不對？所以兒子必須代替雙親還這筆錢……情況我已經理解了。借了錢當然應該要還。」

「你還真懂事。一般人聽到這種情況，要不是找些莫名其妙的藉口，就是哭求原諒。尤其是像你這樣的情況更是如此。」

「我剛剛也說過，借了錢就應該要還。我會代替雙親向你們道歉。我不認為金錢是這世上的一切，也看不出多大的價值……不過畢竟是絕對的力量之一。」

室內有五個人：少年、眼前的男人、還有男人的三名部下。其中兩人站在門前，堵住唯一的出入口。

這裡是某棟大樓三樓的會客室。外面雖然掛著「篤實金融公司」的招牌，不過這塊招牌有兩點是假的：第一，這裡不是公司，而是小型的黑道辦公室。第二，這裡的人距離「篤實」都非常遙遠。

只對錢有興趣的這些男人打量著少年，評估他的能耐。

「傻瓜，他以為自己是賭博漫畫的主角嗎？」有人打從心底這麼想，也有人對於他毫不在乎嚴峻情勢的輕佻態度起疑：「也許他認識很厲害的律師或其他幫派的幹部。」

「你們希望兒子償還雙親欠下的債務，這點我已經了解了，可是兒子沒有五百萬這麼大筆的錢。或者應該說，你們也不期待兒子有這筆錢吧？」

「我們的確沒有抱持期待，所以才要求『現在開始工作還錢』。」

「可是我不樂見這種情況，所以才提議要來賭賭看。我們用某種遊戲來賭，如果我贏了，就請你們把欠債一筆勾銷；相反地，如果我輸了，就還你們兩倍的一千萬。遊戲內容最好是要動腦筋的。對了，麻將怎麼樣？你們既然是道上的人，應該會打麻將吧？」

「喂，你以為這種要求行得通嗎？」

男人如此質問，少年很坦然地點頭，以開朗到幾近詭異的笑容說：

「嗯，我相信你們會點頭。」

中年男子雖然雙臂環抱，偶爾摸摸沒剃乾淨的鬍碴，裝出一副很苦惱的態度，但事實上他的答案一開始就確定了。這是理所當然的。不論要怎麼賭，他都不會吃虧。

如果自己贏了，五百萬的肥羊就會變成一千萬；就算輸了，也可以憑力量推翻前言，說「我不記得做過那種承諾」、「我沒有義務遵守沒有契約書的約定」。男人有這樣的力量——金錢與暴力這兩種最厲害的力量。

現實和漫畫不同。

即使賭上某樣東西一決勝負、拚命取得勝利，也沒有任何保證能讓對手遵守承諾。

這些男人原本就屬於黑社會。連法律這種社會約定都不遵守的人，怎麼可能會遵守個人之間，而且是和明顯不如己的對象所做的約定？男人雖然想要這樣問少年，但刻意沒有說出來。放走確定會變成一千萬的肥羊，才是真正的蠢事。

因此，男人擺出笑容回答：

「我知道了，我們來一決勝負吧。如果你贏了，欠債就一筆勾銷。」

「你答應了？真的沒關係嗎？」

「嗯，沒關係。不過如果你輸了，欠債就要加倍。別忘了這筆債要由你來還喔？一分錢也不能少。而且，要是你想逃走，雖然很不忍心，但我們還是會採取必要措施……」

這名男子，還有這些男人沒有發覺——

他們因為距離「篤實」這個詞很遙遠，只對搜刮、浪費錢財有興趣，因此沒有發覺。

他們沒有察覺到，也不想去注意。

「……那真是太好了，我很高興。」

低著頭這麼說的少年——此刻正在笑。

邂逅與逡巡

有聲音。

沉重又沉靜的聲音。

沒有傳進任何人耳中，車輪大幅轉動著。

沒錯，這是——

世界改變的聲音。

雙岡珠子把銀色 SKYLINE 停在收費停車場，嘆了一口氣。

她是一位年輕女性，年紀大約二十多歲，梳得很整齊的頭髮偏深色，身上也穿著深色西裝。側臉雖然看得出殘留著稚氣，但更散發出一本正經的氣質。端正的五官中，一雙清澈的眼睛特別引人注目。

此時她的雙眼有些濕潤。

「不要緊，不要緊……」

她摸摸放在肩掛式槍套裡的自動手槍 USP Compact，提醒自己即使發生緊急狀況，有武器在就不用擔心，試圖穩定心情。然而當她再度認知到自己有武裝，手便開始顫抖。這個做法得到完全的反效果。

她從旁邊座位的皮包中拿出喜愛的餅乾棒，邊啃邊下車後，在停車場的自動販賣機買了咖啡，靠在汽車上喝一口，劇烈的心跳總算稍微穩定下來。如此一來即使無法完全保持平靜，至少也能虛張聲勢。這樣一想，她又更安心一些。

她眺望著夕陽照射的市郊住宅區，喝著咖啡稍作休息。

看看手錶，時間是下午六點前，目標人物此時應該在家。

她反芻上司的話：「如果感覺到生命危險，立刻撤退，等候我的指示。」「目標的經歷雖然很平凡，可是千萬要小心。」另外還有：「即使發生格鬥，妳應該也不至於輸給這個對手，不過考慮到『萬一』……」

「……好，上吧。」

珠子結束休息，踏出腳步

仔細想想，這是很簡單的任務，只需「去見事件相關人士，問一些問題」就行了。身為警察——尤其像是搜查一課的刑警，這是每天都在做的事情，沒什麼好緊張的。她如此告訴自己，走過行人稀少的街道，彎過轉角，出現在眼前的兩層樓建築就是目的地。正確地說，應該是二樓最裡面的房間。

這座建築名為「Espoir」，是法語「希望」的意思，看上去是一棟平凡無奇、專供學生住宿的公寓。珠子進入大門之後，爬樓梯上二樓。

『討厭！東彌，你為什麼都這樣！我特地做的耶！』

『所以我不是說了「謝謝」嗎？我只是不喜歡燉菜而已。』

『你為什麼不能一開始就說「謝謝」？』

珠子暫停下腳步。

對話像是男女朋友之間的吵架，女方雖然言詞上在責罵對方，口吻卻沒有很生氣的感覺。男方似乎也知道這一點，因此隨口應付說「好好好」、「對不起啦」。

……真是悠閒，讓人白緊張一場。

珠子又嘆了一口氣，等到兩人的對話差不多結束，才走向房間。

＋＋

珠子站在殘留味噌氣味的走廊按下對講機的門鈴。七月的夕陽灼熱到背部感覺都要燒起來了。她很想脫下外套，不過面對眼前的狀況，也只能忍耐。如果被看到掛在腋下的手槍，有可能在報上名字之前就令對方報警。這一點無論如何都必須避免。

『來了～』

聽到回應之後過了十幾秒，門打開來。

「抱歉讓妳久等。因為鍋子……總之，有很多理由。」

「沒關係……」

「對了，姊姊，妳是哪位？」

珠子把名片遞給他，當對方在檢視名片上的文字時，珠子也偷偷觀察這名少年。

他的身材高高瘦瘦，五官算得上端正，然而幾乎遮住眼睛的瀏海遮蓋俊美的側臉。此外，他的語氣與陰沉的髮型相反，顯得非常輕浮。這個少年讓人搞不清是外向還是內向、樂觀還是悲觀、或者是肉食系還是草食系。他身上有些小傷口，左手小指根部貼著ＯＫ繃，由此看來也許意外地是武鬥派。

整個人最引人注目的，是在垂下的瀏海後方閃爍奇異光芒的眼睛。這雙眼睛讓人感受到某種扭曲的特質。

他的名字是戻橋東彌，就讀三流私立大學，今年二十歲。雙親在他國中時出車禍死亡，之後由祖母撫養長大……

珠子正在腦中整理事前得到的情報，東彌開口：

「『內閣情報調查室特務搜查部門』……」

「請讓我說明。所謂的內閣情報調查室——」

「我比較想知道姊姊的名字要怎麼念啊？姓和名我都不知道要怎麼念。」

「哦。」珠子理解他的疑問，回答：「這個姓念作『NARABIGAOKA』。一般來說會寫成双子的双、一個月的個、岡山的岡，念作『双個岡（NARABIGAOKA）』，不過也有這種漢字的寫法（註1）。底下的名字念作『TAMAKO』。」

「哦，真有趣的名字。我可以稱呼妳為『小珠』嗎？」

「不可以。」

即使年紀只差一歲，但憑什麼要讓年紀比自己小，而且是初次見面的人稱自己為「小珠」啊？面對少年輕佻與親暱的態度，珠子的緊張與警戒開始變淡，取而代之的是「這傢伙在搞什麼」的焦躁。

「對了，小珠。」

「我說過了，請你不要這樣稱呼我。」

焦躁與不快——像這樣的情緒占上風，就表示「警戒心變淡了」。幾十秒前的緊張感消失，珠子的心情變得像在和鄰居的小屁孩說話。

少年宛若踏進她的內心，一刀揮下。

不，他確實踏出一步，縮短兩人的距離，踩住珠子的影子笑著說：

「——妳應該不會打算要傷害我，或是持有武器吧？」

珠子的胸口發出「撲通」的劇烈心跳聲。她感到背脊冰涼，原本消失的緊張感頓時回到身上。

她調整聲音回答：

「沒這回事，我只是想要問你一些問題……」

「這是妳說的喔，小珠。」

少年笑了。

這個笑容有些奇特，令人感覺到某種虛無感。珠子的雙臂微微顫抖。冷靜，不要緊——她雖然如此告訴自己，卻無法停止顫抖。或許是因為眼前的少年營造的異常氣氛，令她感覺到自己的身體好像失去控制。

之所以顫抖，是因為鬥志高昂，不是在害怕——她試圖這樣想，也只能這樣想。恐懼與絕望在感受到的瞬間，就會變成現實，將人吞噬。

「我討厭暴力，所以如果妳真的不會對我動手，那就沒關係。」

「……我也不太喜歡暴力。」

「喔，是嗎？那就好。」

◆註1：雙岡的姓在日文原文中為「雙ヶ岡」。「雙」是日文較少用的漢字，一般寫作「双」。

少年說完，露出和剛才不同的天真笑容。

「基本上，應該很少人喜歡暴力吧？」

「這就不一定了。畢竟也有人主張，人類的歷史就是戰爭的歷史。也許彼此殺害、搶奪才是人類的本質。」

「就算是這樣，如果光憑本能行動，那就跟野獸沒有兩樣。壓抑欲望、試圖行善才是身為人類正確的做法，理性與善性並不是空而無用的擺飾。」

在陌生人的門口，到底在說什麼……

珠子不是來傳教的，更不是來講解哲學，她是為了完成目的才站在這裡。為了組織的目的，同時也可說是為了幫助這名少年。

或許是因為能夠客觀審視狀況，身體的顫抖不知何時停止了。

「如果小珠是這樣的人，那就太好了。畢竟我體質超級虛弱，完全沒有體力，跑五十公尺都要十秒以上。」

「請不要這樣稱呼我。話說回來，你不是跑一百公尺，而是跑五十公尺便要十秒以上嗎？」

「如果跑一百公尺不用十秒，應該可以成為日本國手吧？」

「說得也對……不過你跑得未免太慢了吧？」

「所以我就說，我不擅長運動嘛。這也是我討厭暴力的理由之一。啊，妳要不要來比腕力？我有信心絕對會輸。」

少年伸出稱不上緊實，只是單純瘦削的兩隻手臂，如此提議。

「這是什麼樣的自信？」珠子回應。

「總之，先進來吧。」少年轉身背對珠子，走進屋內的走廊。「雖然房間又小又髒，不過希望妳別嫌棄。恕我孤陋寡聞，不知道內閣情報調查室是做什麼的，但既然妳沒有聯絡就來找我，應該是有很重要的事情吧？」

他的態度輕鬆開朗，卻同時給人虛無瘋狂的印象。

接著，少年報上名字：

「啊，我忘了說，我叫戻橋東彌。請多多指教，小珠。」

「……我說過了，別這樣稱呼我。」

珠子完全被少年的步調牽著走，說出重複很多次的句子，又嘆一口氣。

「房間又髒又小」的說法看來完全不是謙虛，戻橋東彌的房間確實很小，而且很髒。他大概是那種不擅長整理收納的人，大量書籍從書櫃滿出來，堆置在書桌周圍與房間角落。

一言以蔽之，就是喜歡書籍的大學生房間。比較特別的地方，只有間接照明的燈具很多，不過這或許是他的興趣。

「先坐下來吧。」

在小小的地毯上方，放置著同樣小巧的餐桌。東彌坐在桌前，珠子也應他的邀請坐下。

「要不要喝茶？」

「不用了，請別客氣。」

「那就來談正事吧。適合穿套裝的帥氣姊姊，來我家有什麼事呢？」

長瀏海後方的雙眼顯露出好奇的神色。一般人遇到政府單位的人登門造訪，應該會感到緊張，然而眼前這名少年卻擺出泰然自若的態度。

他要不是很老練，就是很笨。珠子無從判別是哪一種，開口說：

「我先說明自己的身分吧。我是內閣情報調查室特務搜查部門的祕密調查員——專案負責人雙岡珠子。內閣情報調查室是內閣官房的情報機關，通稱ＣＩＲＯ，負責收集國內外的政治與經濟情報，提供內閣做為擬定政策的參考。雖然被稱為日本版的CIA，不過表面上沒有CIA那麼大的權限，反恐情報之類的收集是由公安警察負責。」

「……表面上？」

「是的，表面上。」

珠子停頓一下，繼續說：

「特務搜查部門在CIRO當中也是很特殊的單位，負責替內閣，或者該說是替現任政權執行反恐活動的任務。也就是說，是為了預防暗殺或革命而存在的。」

「好帥！感覺就像漫畫裡的祕密部隊。」

「只不過關於這一點，也得加上『表面上』的註解。特務搜查部門CIRO－S的真實情況完全被隱匿。在官方文件上，CIRO的人員並沒有雙岡珠子這名人物，我隸屬的特務部門被當作不存在的單位。即使洽詢關於我或是我同事的事情，應該也沒有任何人能夠回答。大部分的人都不知道，而知道的人也不會說出來。」

這一瞬間，東彌的眼神產生些許變化，從完全的好奇轉為增添些許嚴肅。他的眼珠蘊含著深邃的黑色光芒。

他無言地催促珠子說下去，珠子便再度開始說明。

「所以說，請你不要告訴別人我到過這裡。剛才聽到的內容，還有接下來會聽到的內容，也同樣不能說出去。」

「如果我說出去會怎麼樣？」

東彌以試探的口吻詢問，黑眼珠閃爍著光芒。聽珠子回答「這樣我會很困擾」，他便瞇起眼睛笑說「那我就不能說出去了」。這個笑容很可愛。

珠子無法理解這個人。

他時而露出稚子般天真的表情，時而露出徹底虛無、宛若妖魅的微笑。看似隨隨便便在應對，一雙蘊含妖豔光芒的雙眼卻絕對不會離開珠子。在兩個極端之間往返的姿態，讓人聯想到走鋼索般的不穩定狀況。

令人難以捉摸。

他如果不說話，就是個稍嫌陰沉的英俊學生。不過，妖魔鬼怪據說外表往往都很美麗。

他究竟是哪一種？

是普通的少年？還是非比尋常的怪物？

「總之，我大概了解了。然後呢？小珠隸屬於那種好像在拍諜報片的組織，妳來找我做什麼？」

「……請你不要這樣稱呼我。」

對於少年過度直率的問題，珠子有些無所適從，不過她還是思索了片刻。對方應該沒有說謊……吧？他真的什麼都不知道嗎？她敏銳地觀察眼前對象，確認沒有危險，不過仍舊保持警戒回答：

「……戻橋先生，三天前的晚上，你在做什麼？」

「三天前？呃……對了，我在跟可怕的人玩遊戲。」

「遊戲？」

「嗯。我的大學朋友跟地下錢莊借錢……不對，借錢的是我朋友的爸媽，可是他們死了，害我朋友必須代替他們還債。我覺得他很可憐，就代替他去找那些可怕的大叔交涉。我跟他們說：『我們來比賽，如果我贏了，就把欠債一筆勾銷吧。』」

「請、請等一下。」

珠子不禁出言打斷。

「借錢的不是你的雙親嗎？」

「不是喔，借錢的是我朋友的爸媽。我家還算滿富裕的。你們機關聽起來好像很厲害，可是情報精準度滿低的嘛。」

「呃……也就是說，你朋友代替父母親承擔債務，然後你又代替他去跟債主交涉？」

「我不是一開始就這麼說嗎？」

「……為什麼？」

雙岡珠子無法理解。

如果是孩子代替父母親償還債務，珠子還能夠理解。雖說放棄繼承權就沒有償還義務，但也有很多人沒有這方面的知識。再加上借錢的地方是地下錢莊，即使具備相關知識，也必須要有專業人士介入，才能解決問題。

因此，珠子無法理解。

像這種必須由專業人士來解決，更何況還是他人的問題，為什麼東彌會想要去解決？為什麼會做出隻身闖入對方陣地的蠢事？

如果是情報有誤，那還說得通，畢竟這是依照常理無法想像的情況。

然而，東彌依舊以輕鬆的口吻回答：

「我不是說過了嗎？因為我覺得他很可憐。如果要還債，他就得放棄念大學去工作，也沒辦法遊玩。雖然世上有些人說，金錢是萬能的，可是在我看來，那只是戲言而已。沒有錢的確活不下去，可是即使有錢，一個人的價值或本質也不會改變。而且，妳也知道吧……朋友是很重要的。」

「你是不是……腦袋有問題？」

「嗯，常有人這麼說。」

重視友情與義氣，無法坐視朋友的困境不管，忍不住就採取行動——世上的確可能有這樣的人。

然而珠子可以斷言，眼前的戻橋東彌絕對不是那種人。雖然才認識幾分鐘，但她能預想到這名少年不是那種人。「朋友很重要」的發言，也不知道有幾分真心。

接下來的話，讓珠子的猜測轉變為確信。

「而且啊，和黑道交涉……感覺滿好玩的。」

沒錯——珠子得到確信。這傢伙確實是瘋子，腦袋的螺絲掉了不只一根。不論如何，他都不是一個普通的少年。

珠子對於必須和這種人繼續對話感到頭痛，不過還是拉回正題。

「……總、總之，先不管你個人的原則和想法。我們只是想要確認，你就是那天晚上在篤實金融公司大樓周邊被目擊的少年……」

「然後呢？假設我在那天那個時間，的確在那棟大樓，小珠想要知道什麼？」

「請你不要這樣稱呼我……聽到這裡，你有沒有想到什麼？」

「這個嘛～」少年邊伸懶腰邊回應，接著非常乾脆地說：「應該說，想得到的事情太多了。當時在那棟大樓裡的人，除了我以外好像全都死了。另外也發生了很多事，不是嗎？就因為這樣，所以我完全猜不透小珠想要知道什麼。」

三天前的夜晚。

郊外的商業大樓發生神祕的槍擊事件，結果造成數名與黑道相關的男人死亡，大樓也燒到半毀。

那起事件發生當下，在附近被目擊的，就是戻橋東彌這名少年。

✝✝

時間回到三天前——

戻橋東彌垂下視線，陷入思索。眼前有十四張麻將牌，在那前方有全自動麻將桌堆起的牌山。他的長瀏海用髮蠟抹向後方固定，因此視野相當良好，也能看到「他家」——坐在對面與兩邊的男人臉上的表情。

點數不相上下，起手牌也不錯，更何況他還是莊家。要賭勝負是必然的，問題在於如何決定方向。是要使用役牌（註2）快速胡牌以便連莊，還是按兵不動等待更高分的牌型，並且在察覺到危險時立刻放棄？

這是看起來很普通的一場麻將遊戲。

……除了賭金高達幾百萬日圓，以及對手是黑道成員這兩點之外。

「話說回來，沒想到你會打麻將。現在的學生聽說跟以前不同，不喝不打不買。」

「我沒有吸大麻、覺醒劑或PTSD喔。」

「我不是指大麻或覺醒劑，而是以前的男人會喝酒、打麻將賭博、花錢買女人。還有，你說的那個應該是MDMA（搖頭丸），不是PTSD。PTSD是創傷後什麼之類的症狀吧？」

「沒錯，就是那個。」

隔著麻將桌坐在對面的男人抽著菸，嘻嘻笑了。他的口氣平易近人，態度顯得很輕

◆註2：役牌是日本麻將中的一種胡牌方式，只需三張牌即可湊出，適合快攻。

鬆。

「……對了，剛剛是在談什麼？」

「談麻將。我說，最近的小鬼會打麻將很罕見。」

「是嗎？應該不會吧？我身邊有很多人在看麻將漫畫，我也很喜歡那個誰……就是筆名很像『熬夜打麻將好累』(註3)……那位知名作家的作品。」

東彌回答時，內心不禁感到佩服：這個不知道是黑道第幾層組織的街頭流氓，沒想到還滿厲害的。

心理戰是東彌擅長的領域，至少他自認比只懂得暴力威脅的地下錢莊人員厲害。然而，他出乎意外地很難獲勝。雖然他自知運氣不好，但沒想到會差到這種程度。

該不會是……他想到某種可能性，也許是對方耍詐。

坐在左右兩邊的人是對面這名男子的部下。他們是在決定打麻將之後才被找來的，因此應該是擅長此道的人。東彌實質上等於是一對三。基於麻將這種遊戲的性質，如果三人串通好，要擊敗剩下的一人相當簡單。

「有件事我想要先問一下。」

「什麼事？」

「你們應該……沒有耍詐吧？」

「我們不需要玩那種小花招，也能贏你這個乳臭未乾的小子。」

「這是你說的喔？」

正當東彌想要集中精神，周圍卻開始騷動。房裡看似位階最低的男人似乎被某人傳喚，離開房間之後又立刻回來。看樣子是一樓大廳有訪客。

男人打過招呼之後進入房內，對中年男子說：

「……樓下有個金髮男人，說『想要談伯樂翁檔案的事』。」

中年男子完全不予理會，一副不滿愉快的遊戲被打擾的態度，回答「把他趕走」。不過，他似乎立刻改變主意，指派另外兩人去一樓。坐在麻將桌前的兩名部下看著他，像在問「要不要我們也一起去」，但是他搖頭，無言地駁回部下的提議。

……是上層組織的人來了嗎？但如果是這樣，他們的應對方式未免太草率，或者該說是凶惡……

東彌正在思考，中年男子便堆起面對客人（肥羊）的笑容說：

◆註3：應該是指阿佐田哲也（あさだてつや）。這是日本小說家色川武大創作麻將小說時的筆名，與「天亮了，通宵熬夜」諧音。其代表作《麻雀放浪記》曾改編為漫畫。

「真不好意思，鬧哄哄的。」

「別這麼說，是我突然闖來的，彼此彼此。這樣的工作應該很忙吧？不景氣的時候，需要錢的人也很多，而且這裡好像有很多珍貴的東西。」

房間左側角落有一座小型金庫。東彌已經事先確認過，他需要的東西——借款契約和債權轉讓通知書——就在那裡面。男人先前說過：「只要你贏了，這些文件就給你；不過如果你輸了，就要請你簽下同樣的文件。」

問題在於東彌看到的文件是不是正本，不過關於這一點，也只能信任對方了——雖說要相信這種逼人簽下違法、無效保證書的傢伙非常困難。

「好了，繼續來比勝負吧。」

在男人這麼說的瞬間，樓下傳來物品被破壞、倒下的聲音，接著聽到尖銳短促的「砰砰」一聲。雖然有些模糊，但那無疑是槍聲。怒吼、爆炸音、慘叫聲等明確顯示發生特殊狀況的聲音，迴盪在昭和年間建蓋的大樓內。

中年男子的臉色出現變化，與留下來的看似心腹的男人面面相覷。「先暫時擱置勝負吧。」他說完，命令部下從辦公桌抽屜拿左輪手槍過來。

面對男人這樣的舉動，東彌仍舊保持平常的態度。

也就是說，他以一反現場氣氛的輕鬆口吻詢問：

「那個，很抱歉在緊急時刻想要請問一下，廁所在走廊盡頭嗎？」

「你想要躲起來嗎？也好。老實說，我不知道發生什麼事，不過總比待在這裡安全吧。」

中年男子親切地建議之後，帶著心腹走出房間。

「是誰？」「城山組的嗎？」「該不會是『佛沃雷』吧？」「檔案不在這裡，真遺憾。」——意義不明的語句和怒吼、咒罵從半開的門後方傳來。聽那鏗鏗鏘鏘的聲音，彼此大概不只是口頭爭論而已。

東彌一面謹慎地聽辨危險的對話與聲音，一面毫不猶豫地向前走，來到保險箱前。他的記憶力很好，還記得數字鍵盤的密碼。他突破八個數字的密碼，找到一疊疊的文件，塞入肩背包裡。

這時，他發覺怒吼聲與槍聲都靜止了。

他豎起耳朵，聽到規律的「咚、咚、咚」聲響爬上階梯。

看來那些男人全都被收拾了——東彌雖然不理解狀況，不過從突然變得安靜的大樓與獨自一人的腳步聲如此猜測，並決定先逃離現場。

……剛剛好像有提到，是個「金髮的男人」。

沒有用「一群男人」的說法，可見襲擊者只有一人。

那麼，戻橋東彌能夠選擇的選項只有一個。

「反正應該不會死吧？」

就這樣，他毫不猶豫地從三樓窗戶跳下去——

✢✢

「我要說的就是這些了。」

戻橋東彌說。

「我把原本穿在身上的夾克纏繞在手上，抓著外牆的管線跳下去。幸運的是下面停著汽車，稍微起了安全墊的功用，所以就像妳看到的，我沒有受傷。不過著地的瞬間，膝蓋和髖關節痛得要命。」

「你這個人真是……」

珠子感到傻眼而嘆氣，但少年臉上感覺很奇特、又有些虛無的笑容沒有消失。或許可以形容為「清爽的瘋狂」吧。珠子已經無言以對。

戻橋東彌的每一項行動或許都稱得上妥當。在那樣的情況下，還能確實偷走契約書等文件，甚至值得稱讚。然而以正常人的標準來說，卻是完全不及格、而且接近零分的舉動。

聽到槍聲也不慌張，知道剛剛還在談話的人似乎死了也能夠冷靜思考，認清自己亦處於危機中，仍實現原本的目的並逃離現場。

如果是動作片，應該是滿分，然而，這裡是現實世界。

在這個現實世界當中，如果有普通人能夠做出這樣的選擇，那肯定是個狂人。

「……剛剛還在談話的人死了，而且凶手已經逼近到身邊，在這種異常狀況之下，難道你不會害怕嗎？」

「我當然害怕。」

「那為什麼……」

「所以才要採取行動。我既怕痛又怕死，還很柔弱。就因為我是這樣的人，才要在事情演變到最糟的情況前趕快逃跑。結果我運氣很好，回到這裡。如果在當時的狀況下，蹲在房間角落喊『好可怕～』，妳以為我會得救嗎？我可不覺得。」

他的口吻雖然輕佻，但說得很有道理。然而正因為有理，才感覺瘋狂。

人類雖然擁有傑出的腦袋，卻會被情感耍得團團轉。理性而正確的判斷往往會被情感阻撓，這才是一般狀況。這樣看來，戻橋東彌實在是太過異常。

這名少年十指交握，開口說：

「然後呢？小珠，妳自己說過，我個人的原則和想法並不重要，那還要繼續聽我發表自己的論點嗎？還是要進入正題？剛剛提到的內容是三天前晚上發生的事，有小珠想要知道的情報嗎？」

「……請不要這樣稱呼我。」

珠子姑且抗議之後回答：

「的確有我想要的情報。我想要跟你確認一下，攻擊事務所的男人說過『想要談伯樂翁檔案的事』嗎？」

「不是我直接聽到的，所以我也不能說得很肯定，不過好像有說過。」

「還有『佛沃雷』？」

「這個我就比較沒有自信了，應該是這種發音的某個詞吧。」

「順帶一提，你說你偷走的那些文件，現在還在這裡嗎？」

「沒有，我已經當垃圾丟掉了，現在應該在焚化爐裡吧。」

珠子對他隨隨便便的態度很受不了，不過還是繼續說：

「在那些文件當中，除了你朋友的借款契約以外，還有其他檔案嗎？具體來說，就是剛剛提到的和『伯樂』這個名字有關的文件。」

「我想應該沒有吧。我沒有很仔細地閱讀，不過好像都是借款契約或欠債者的地址清單之類的，所以我才丟掉了，想說丟掉對大家比較好……對了，小珠，我會觸犯什麼法律嗎？」

「這個嘛……你的確做了類似趁火打劫的行為，不過我並不是警察……」

珠子說完站起來。

她已得到必要的情報。就如CIRO－S的猜測，襲擊那棟大樓的是佛沃雷的人，目的則是那份檔案。眼前的少年無從得知，不過對於珠子等人來說，只要確認這一點就已是很大的收穫。

「那麼我差不多要告辭了。」

「什麼～妳要回去了嗎？難得有這個機會，一起吃頓晚餐吧。我最喜歡像小珠這樣的漂亮姊姊了。」

「不用了。還有，請別再叫我『小珠』，我會生氣唷。」

珠子在玄關穿鞋，並對來送行的東彌說：

「戻橋先生，今天很感謝你的協助。」

「叫我『東彌』就行了，小珠。」

「所以說……唉，好吧，我知道了，戻橋先生。日後也許還有可能來詢問詳細情況，到時候請多多包涵。還有，我們ＣＩＲＯ和警察是不同單位，所以不會針對你的竊盜行為告密，這點請你放心。」

「喔，這樣啊。謝謝。」

「但是——」珠子以嚴肅的眼神瞪著他說：「關於你聽到伯樂翁和佛沃雷的事，不論任何人來問你，都絕不能回答，一定要想辦法隱瞞。就回答說你搞不清楚狀況，只顧著拚命從窗戶逃出去，什麼都沒有看到或聽到。」

「我很討厭說謊耶。」

「如果不這麼做，有可能連你都會受到危害。請記住，你在那天晚上不在那棟大樓；就算在那裡，你也因為害怕馬上逃走了——這樣回答的話，應該可以暫時確保安全。」

「哦……小珠還真辛苦。」

從掌握背景狀況的雙岡珠子的角度來看，戻橋東彌的現況其實更辛苦，不過無知或許比較快樂吧。珠子這麼想，因此沒有說明詳細情況，只說「再見」就準備離開狹小的房間。

然而在這個瞬間，少年又以過度輕鬆的口吻說：

「對了，我從窗戶跳下去逃跑之前，有看到攻擊那棟大樓的人，對方或許也有看到我的臉。小珠，妳覺得這樣會不會有什麼麻煩啊？」

「……咦？」

珠子停頓一會兒後怒吼：

「——這種事怎麼不先說！」

在黑暗中蠢動的眼珠有多少

忽然想到：
「剛剛擦身而過的那個人或許是另一個自己。」
在人潮中幻想，
如果他是未來的我，會對我說什麼？
我對過去的我，應該說什麼？
我和他，
今後要前往何方？

「你知道伯樂善二郎這個政治人物吧？」

戻橋沒有理會男人老鷹般銳利的眼神，照例以輕佻的口吻回答：「不太清楚耶。」

這裡是內閣情報調查室特務搜查部門的關西分部。位於大阪的這棟大樓，表面上是保險公司的總公司，實際上是CIRO的分部。東彌被帶到這棟建築的一間房間，坐在他眼前、身穿黑色西裝的男人自稱佐井征一，是特務搜查部門關西分部的負責人，也是雙岡珠子的直屬上司。

佐井大概沒有預期會得到「不太清楚」的回應，默默地瞇起眼睛，觀察眼前的少年。

「……戻橋先生，伯樂善二郎是曾經擔任過自由黨幹事長的重要政治人物。大約五年前突然過世，當時引起很大的騷動。」

「原來是這樣啊。」戻橋聽了站在旁邊的珠子說明，隨口敷衍之後又問：「也就是說，他就是被稱為『伯樂翁』的人嗎？」

「沒錯。他的綽號是『昭和的怪物』，在金融界人脈很廣，從表裡兩面都持續影響日本。伯樂善二郎與阿巴頓集團有很深厚的關係，在世時曾經鬧過幾次金錢方面的醜聞。」

「戻橋先生，你該不會不知道『阿巴頓集團』吧？」

「這我當然知道，就是總公司在德國的國際綜合企業吧？是一家製作電腦的公司。我的筆記型電腦也是阿巴頓製造的。」

幾個小時前，珠子聯絡上司佐井，內容是關於戻橋東彌。

珠子接收到的指令是「去找篤實金融總公司大樓槍擊案當下被目擊的少年，問他當時的情況」，而她的任務可說已經完成了。然而，因為東彌說「看到攻擊者的長相」，又說「對方或許也看到自己的臉」，使得狀況急轉直下。

攻擊者——佛沃雷的刺客，應該不會善良到讓自己犯行的目擊者活下去。再加上三樓保險箱在東彌搜刮裡面的文件後大開，因此從攻擊者的角度來看，自然會認定「有人從這房間早一步帶走目標物逃走」。

應該說是運氣不好？還是因果報應？總而言之，戻橋東彌此刻成為黑社會人士尋找的目標。

珠子說明這樣的狀況後，決定由計畫負責人佐井征一直接對戻橋東彌說明。

「然後呢？那個叫伯樂什麼的政治人物和國際企業，再加上槍擊事件、檔案、還有佛沃雷，到底有什麼關係？」

東彌的語氣依舊很輕佻。由於他的態度太過隨便，讓佐井露出詫異的眼神，不過當珠子解釋「他總是這副德性」，佐井便似乎接受了，進入正題。

「戻橋先生，我先問你一個問題，你是不是有什麼別人沒有的特殊能力？」

「我覺得自己的記憶力滿好的。」

「你想要裝蒜嗎？還是沒有自覺？如果你不打算老實回答，我們就得質問你的身體了。」

東彌正要回答「聽起來好猥褻喔」，不過立刻閉上嘴巴。佐井一副不想聽他開玩笑的態度，把自動手槍放在桌上。

東彌裝模作樣地舉起雙手。即使看到武器，他輕浮的態度也沒有變化，嘴角甚至愉悅地揚起，反而是珠子顯露出原本應該屬於這名少年的焦慮。

「分部長，請你冷靜！對方是一般民眾，而且只是個孩子！」

面對擋在自己前方保護東彌的部下，關西分部分部長佐井征一只是淡淡回答：

「該冷靜的是妳。我並沒有打算要開槍殺了他。如果我想要這麼做的話，早就做了。比方說——」

動作只在一瞬之間。

才剛剛聽到沉重的鋼鐵聲響，左輪手槍就已經握在佐井的右手。

「就像這樣。」

「唔！」

擊錘已經扳起，大概是從槍套抽出來時就扳起的。如此快速的拔槍，即使在電影裡也很少看到。佐井征一要是有那個打算，柯爾特蟒蛇左輪手槍就會噴出火花，射穿東彌的腦袋。

正可說是「早就」做了。

「速度還真快。那就是所謂的隨身武器嗎？」

與瞠目結舌的珠子形成對比，東彌仍舊以輕佻的口吻說。

「在這樣的狀況還能裝傻，我得向你表示敬意。」

「分部長，你真不會說謊。你不是感到『敬意』，而是『傻眼』吧？不過……看來你的確不打算開槍。」

「是嗎？」

男人冷酷的聲音沒有正面回應。這句話背後隱藏著自信。「不論你有什麼樣的能力，我都有辦法在你使用能力之前殺死你」——這就是他的言外之意。

「嗯，我大概知道分部長想要說什麼。不過我不只討厭謊言，也同樣討厭暴力。可以請你把槍收起來嗎？感覺亂可怕的。」

「是嗎？我討厭的是浪費時間。如果要我把槍放下，希望你能認真跟我們談。」

戻橋東彌深邃的黑眼睛和佐井征一猛禽般的眼睛相視。

經過幾秒鐘的沉默後，東彌點頭。

「我知道了……就這樣。小珠，妳別這麼緊張。這個人是妳的上司吧？違抗他不會有問題嗎？冷靜一點。」

「你以為變成這個狀況是誰害的？是誰！」

「如果妳是在擔心我，那就謝謝了。」

東彌意外地老實道謝，緊張氣氛暫時告一段落。

佐井將兩把手槍放回原位，也就是胸前與腰際的槍套，東彌則把房間一旁的辦公椅拉過來坐下。既然要認真談話，就得坐下來談才行——這是東彌的說法。

「閒話就說到這裡……戻橋東彌，你有任何特殊的能力嗎？我的意思是，一般稱為超能力或念力的能力。」

「雖然不知道和分部長所指的東西是不是完全一致……不過沒錯，我的確有那種特別的力量。」

沒錯，這正是珠子警戒的「萬一」。

——這名少年不只是精神異常，或許也擁有製造異常現象的能力。

「現在姑且不問你具備什麼樣的能力。等到這次的狀況安全解決之後，再詳細聽你說明吧。」

「不是警察也不是自衛隊的人擁有槍砲武器，從這點看來，CIRO－S就是為了抓像我這種人的組織嗎？」

「不太一樣。」珠子補充說明。「像你這樣擁有一般人所沒有的特殊力量的人……我們稱作『特定異種能力持有者』，通稱『特異功能者』。科學無法證明、市井小民當作都市傳說嗤之以鼻的超凡人類，就是特異功能者……不過，負責直接處理這些人的是公安警察的其中一個單位，不是我們CIRO特務搜查部門。」

超能力。

近年來，不僅一般人不相信這種東西，就連魔術師都不會自稱擁有特殊能力。不過，這世上的確存在著超出物理法則與人類想像的異常力量。依據勢力與使用者會有不同的稱呼，像是「神權」或是「天賦」，不過這不是虛張聲勢或詐騙，而是確實存在的東西。

特異功能這種現象至今仍舊無法以科學方式闡明，使用這般能力的犯罪當然也無法依法律制裁。

不過既然存在，就必須處理。如果說獨占暴力是國家之所以為國家的依據，那麼即使只是微量，也必須阻止一般人擁有力量。如果不只是微量，而是超乎常理的力量，那就更不用說了。

佐井說：「特異功能者是幾百萬人當中才有一人，也不知道會不會覺醒的存在，以數量來看非常稀少。不過，假設公寓鄰居能夠用念力把你掐死，那會怎麼樣？應該很可怕吧？」

「如果只是要把人掐死，大部分的人都有能力辦到吧？」

「嗯，你說得也有道理。不過特異功能的問題，在於無法以法律制裁——而且極少數能力者甚至有可能具備改變世界的力量。」

「戻橋先生，你知道去年二月美國州長突然死亡的事件嗎？」

東彌搖頭，珠子便繼續說：

「那也是特異功能者製造的事件。」

這名州長是主張管制槍枝的急先鋒，在視察時突然因為心臟病發作而亡。這是一般世人所知道的事實，不過真相並非如此。

州長的死因不是心肌梗塞，而是心臟破裂造成的出血死亡。擔任保鏢的將近十名維安警察也都同時心臟病發作，其中有七人在醫院裡死亡。順帶一提，這名州長原本在不久的將來計劃要參選總統。

「這是使用超能力暗殺的專業人員所做的。委託人有可能是槍械製造商，或是以犯罪維生、不樂見槍砲被管制的犯罪組織……」

真相並未大白，不過犯人是特異功能者這一點是肯定的。

州長的心臟沒有任何前兆就破裂，保鏢也碰巧都因為心臟病發作而倒下，還沒有任何目擊者。如果說是偶然，那就是連「天文學機率」這種形容詞都不足以表達的奇蹟。

「哦，這種事件很多嗎？」

「以日本的例子來說，具有代表性的是幾年前發生的事件。『現任閣員差點被恐怖組織炸死』——表面上是如此報導，實際上，那起事件的主犯是超能力者，負責處理事件的也是警察當中的特異功能者。」

「也就是說……」東彌坐在辦公椅上一面旋轉一面問：「你們的工作就是要預防有人像這個案例一樣，使用超能力這種科學無法證明的手段，殺害、威脅或洗腦政府高官。我說得對不對？」

「大致上可以這麼說。公安部門處理超能力者的單位是以捕捉超能力者為目的，而我們CIRO-S的職務，則是排除可能造成內閣或政策執行障礙的超能力者。簡單說，就是保護政要。國家的方向應該是由政治與選舉決定，必須避免單一個人使用特異功能、強行通過自己意見的狀況。」

根據佐井的說明，特異功能者過去被稱作咒術師、巫女、巫師，也有可能是傳說中的英雄。有些地方的「神」，或許就是用來指稱超能力者。

不過不只是日本，所有的近代國家都隱匿這種特異功能者的存在，甚至持續進行「處理」。

表面上是為了和平與國家秩序。

……實際上則不知道是為了什麼。

「戻橋先生，你應該已經理解，這世上存在擁有特殊能力的人，而人類基於劣根性，有了這種力量就會想要使用在軍事目的上。據說在太平洋戰爭中，納粹德國便盛行此道。他們利用外科手術與藥物等，試圖開發人類的潛在能力。他們研究的潛在能力當中，也包含特異功能。不過大部分實驗似乎都失敗了……」

「從談話的脈絡來看，阿巴頓集團也在研究像我們這樣的超能力者吧？就像舊納粹一樣？」

東彌接續佐井的話詢問，佐井點頭。

「阿巴頓集團的確在進行這種研究，不用說當然是極機密的計畫，知道真相的只有阿巴頓的高層、實際的研究人員、以及部分出資者，畢竟不可能在股東大會發表這樣的計畫。研究的進展狀況會直接聯絡出資者。伯樂善二郎據說是相當大的客戶，他得到了決定性的東西。」

「決定性的東西？」

「『C檔案』——這是距今二十年前，伯樂善二郎從阿巴頓總公司收到的東西，似乎是非常重要的物件。詳細情形不清楚，很有可能只是虛假的傳言，實際上不是什麼大不了的東西。不過，如果真的是很重要的資料，像是人工製造出超能力者的方式，或是目前已知的超能力者姓名等情報，那麼很明顯會是無法坐視不管的狀況。」

前任州長暗殺事件根據推測是單獨的犯案。如果是傑出的超能力者，光是一人就能改變世界趨勢。

要是能夠集合許多這樣的人，會有什麼後果？

根據只有少數人知道的情報，阿巴頓集團的中樞是一群意圖實現共產主義世界的人，伯樂善二郎也是位居中樞的人物之一。他在世時，各家新聞媒體都把他當成典型的保守政治人物，但實際上他是以中央集權國家為目標的共產主義者（蘇聯模式社會主義者）。除此之外，熟知內情的人也知道，他們為了實現目的，不惜採取激烈行動。

阿巴頓的目的是使用超能力者的力量來統治世界，實現強制性的共產主義社會。由於隱藏得相當徹底，因此沒有媒體報導，不過該公司發起的事件不勝枚舉。

目前雖然因為各國機關與其他組織的牽制，阿巴頓沒有出現太大的動作，不過如果得到比現在更大的力量，或許就會進一步執行全球規模的暴力革命。

資料如果落到其他組織手中，依舊會有危險性。頂尖的超能力者會比核生化武器更強大且凶惡。這個世界其實相當不安穩，只要某種力量平衡崩潰，就會像骨牌般發生連鎖性的破壞與混亂。

佐井征一說：「檔案的歷史可以追溯到第二次世界大戰。就如剛剛提到的，戰時的德國曾經研究過超能力者，而這份研究資料原本計劃以潛水艇運送到日本，不過在半途被擊沉了。你至少知道伊號潛水艦和U型潛艇吧？」

「連聽都沒聽過。你最好別小看年輕人的無知程度。」

老鷹般的男人一副不耐煩的態度，補充說明這是號稱「遣日潛水艇戰術」的運送計畫。

「……當時兩國藉由越過大西洋、繞過好望角、途經印度洋的航線通商。不難想像這是極度耗費勞力的旅程，還有被同盟國艦艇擊沉的危險。即使如此，仍舊有運送的價值。這份文件就是現在的C檔案原型。」

「這麼說來，應該算是很古老的文件吧？」

「如今的內容當然不可能跟當時一樣。正常來想，阿巴頓集團應該已經更新過了。對你來說比較切身的，就是近年來發生的大型銀行合併騷動，也有情報顯示這跟C檔案有關。幾年前發生的美國投資銀行破產引發的金融危機，原因之一也有傳言說是阿巴頓的機密情報，也就是C檔案。」

「哦……像是銀行合併騷動還有大公司倒閉，我也明白很嚴重，不過那東西真的有那麼大的價值嗎？」

「詳情至今仍舊不明。雖然統稱為『特異功能者』，也有不同種類。有的只是『握力很強』這種細微的能力，可是也有『能夠解讀任何密碼』這種可能破壞高度資訊化社會的能力，或是『停止時間』、『切斷次元』這種無視物理法則的能力，可說是玉石混淆。不論如何，既然是與能力有關的資訊，就必須採取對策，這點你應該也能理解吧？」

「說得也是，畢竟這世上不是只有好人，說起來應該是壞人比較多吧。」

「因此，我們CIRO－S才要尋找C檔案。我們得到情報，說篤實金融總公司大樓有相關線索。據說該公司的男性負責人——就是跟你賭博的中年人，是伯樂善二郎的遠親，從他那裡得到了和檔案相關的留言。不過，我們似乎晚一步，讓佛沃雷的人搶先襲擊。」

「那個『佛沃雷』是什麼？」

「你可以把它想像為國際性的犯罪組織。」珠子回答。「一般人或許不會知道也沒有機會接觸，不過這世上有很多被稱為『祕密結社』、『孤狼恐怖主義』的組織，比較有名的有『黃金黎明協會』、『光明會』、『聖堂騎士團』等等。你應該至少聽過『共濟會』吧？」

「嗯，有時候會在電影裡當反派。像是那部……呃，以達文西作品當題材的電影。」

「在日本比較有名的有『赤羽黨』、『帝國會議』，規模最大的大概是『沙龍』和『影子同盟』。像這樣的祕密結社為了各自的目的，在暗地裡持續活躍，有時也會在一般社會引起騷動——通常是以恐怖行動或暗殺之類的負面形式。雖然沒有向世人公布，不過近年來發生的網路攻擊和無差別殺人事件，有幾件的幕後就存在著這樣的組織。」

佐井接續珠子的話補充：

「佛沃雷就是這樣的組織之一。」

犯罪結社「佛沃雷」據說起源於中世紀歐洲的魔法結社，在黑暗世界中屬於老牌組織，主要活動內容是承包犯罪行為。沒有稱得上規則的規則，沒有稱得上規範的規範，終極地無法無天——這就是佛沃雷。

「佛沃雷從以前就受僱於阿巴頓集團的敵對企業，負責搜尋C檔案。如果公司內部的機密文件落入他人手中，阿巴頓不論出多少錢都會想要取回。佛沃雷的目的就是取得檔案，和阿巴頓總公司進行交涉。」

「哦……我大概知道你在說什麼了。」

東彌不知道是真懂還是假懂，以敷衍的態度點頭。佐井以確認的口吻接著問：

「你真的理解自己目前的處境嗎？」

「綜合分部長的說明，就是這樣吧：首先，阿巴頓集團把機密文件C檔案交給伯樂善二郎，可是這位伯樂先生突然死亡，使得檔案藏匿地點成謎。和阿巴頓敵對的勢力僱用佛沃雷這幫黑社會的人，要他們去尋找C檔案。在此同時，CIRO-S也在搜索檔案。後來得到情報，檔案藏匿地點的線索似乎在某家地下錢莊的大樓——結果碰巧在那裡的我就被捲入事件。」

「就是這樣。戻橋東彌，你現在應該已經被佛沃雷視為殺害的目標。」

「我沒有偷那位伯樂什麼先生的相關資料耶？」

「那是你的說詞。就算是事實，對方也未必會相信。再加上這份資料也可能利用暗號來偽裝，所以你有可能在不知情的情況下把它當垃圾丟掉。」

佐井停頓一下，繼續說道：

「……你現在有兩個選項。一個是接受我們保護，在事件解決之前保持沉默；另一個就是不相信剛剛那些話，或者即使相信也不依靠我們，過著跟以前一樣的生活。半年或一年左右應該就可以解決，你要不要去國外住個幾年？我推薦去美國或加拿大。佛沃雷的根據地是歐洲，又因為跟軍火製造商的關係，在中東和南美也有很強的影響力。」

「不對，應該還有另一個選項吧？」

東彌又開口。

他的口吻輕浮、開朗，卻又虛無而瘋狂。

「我跟小珠合作，找到C檔案，順便打倒佛沃雷的刺客。這樣的話，我就再也不會成為攻擊目標了。」

聽到這段話，雙岡珠子的感想是：「他的腦袋正常嗎？」

她曾經好幾次懷疑戻橋東彌這個人的人格，不過從來沒有這麼嚴重過。他竟然開口說要對抗犯罪組織的人？

然而令珠子難以相信的是，她的上司佐井征一竟然欣喜地回答：

「很有趣。只要找到C檔案、摧毀佛沃雷，你的確就不會再度遭到攻擊。做為第三案很妥當。」

「佐井分部長，你是認真的嗎？他只是一般民眾而已！」

「可是他是超能力者。雖然也要看時機與場合，不過擁有特異功能的一般人，有很大的機會可以勝過受過訓練的軍人。」

雖然要看能力內容與使用方式，不過只要擁有特異功能，完全外行的一般民眾也可能壓倒性地勝過職業軍人。在這世上，特異功能的力量就是這麼強大。

「雙岡，我不是善人。只要是能利用的棋子，不論如何都會加以利用，面對想自殺的人也不會刻意阻止。讓他自由行動，做為本隊的幌子，應該不算壞點子吧？」

「可是……」

「好，就這麼決定囉！」

東彌仍舊保持平時的態度轉身，不過在背對他們之後，他以明確的口吻說：

「可是分部長，我不打算自殺。我如果沒有勝算就不會去賭。結果就算輸了……那也是戰鬥後贏得的、有意義的死亡。」

「這不就是想自殺嗎？」

「不是。有意義的死亡，就是有意義的生命。」

至少對我來說是這樣——戾橋東彌說完，便離開房間。

✢✢

就這樣，戾橋東彌被認定為雙岡珠子管理的協助者。

手續所需時間只有幾分鐘。當珠子趕上走向大樓出口的東彌時，手續已經完成了。東彌知道後，喃喃地說：「這組織還真隨便。」

或者也可能是那個叫佐井征一的男人擁有很大的權力。

「戻橋先生，名義上你是我的協助者，所以請聽從我的指示。第一個命令，就是請你在未經許可的情況下，不要走出這棟建築物。也就是說，請你完全避免擅自行動。」

「好好～」

「還有，這是聯絡用的通訊工具──CIRO-S專用電話。啟動後請登錄指紋。這樣一來，除了你之外沒有任何人能夠使用這支電話。裡面有機密情報，所以千萬不能弄丟。為了因應計畫變更，必須隨身攜帶，以便接收到總部的聯絡。」

珠子說完，遞給他一支相當巨大的手機。這是最近很少見的附QWERTY鍵盤的智慧型手機。這支手機似乎也是衛星手機，角落伸出一根類似無線電對講機的大天線。

東彌接過之後瞥了一眼，依照指示登錄指紋，然後立刻丟回給珠子。

「好可怕，還是妳拿著吧，我需要的時候會跟妳說。」

「在交給別人之前，請你先努力嘗試不要弄丟……」

「話說回來，這棟大樓都沒什麼人，一樓交誼廳也空蕩蕩的。建造的人感覺好可憐，所以乾脆從現在開始好好利用吧？」

「你有聽到我說的話嗎？」

經過像這樣沒什麼意義的對話之後，兩人決定到附近的家庭餐廳繼續談話。

時間已經過了晚上九點。即使是吃晚餐，也已經很晚了。在客人不多的店內，珠子選了最不容易被聽到對話的座位，讓東彌先坐下。她坐在東彌對面的座位，補充說明：「這家連鎖店受到ＣＩＲＯ－Ｓ監控。」

「話說回來，小珠，那位分部長和妳好像都理所當然地想要監視我，該不會我今天沒辦法回家吧？」

「不只是今天，在這個案件解決之前，都不能讓你回家。」

「什麼？可是我沒有換洗衣物耶。」

「我可以借你襯衫，你今晚就忍耐一下吧。必要物品可以等明天之後再去拿。」

珠子邊瀏覽菜單邊回答。

「也就是說，我暫時要住在小珠家嗎？太棒了！我第一次睡在女生家。好期待不小心擦出火花喔！」

「我會殺了你。」

「……小珠，妳對待我的方式是不是越來越粗暴？」

珠子沒有回答他的問題，按下呼叫鈴，向過來的年輕店員接連點了漢堡排、蛋包飯、法式沙拉，接著又把菜單遞給東彌，東彌點了焗飯和炸薯條，店員鞠躬之後就離開了。

珠子正要開口進入正題，東彌便搶先說：

「小珠，妳這樣不會吃太多嗎？來這裡的車上，妳也吃了餅乾棒，不要緊嗎？」

「……這種事就先放一邊，我來說明詳細情況吧。」

珠子從飲料吧拿來兩人份的飲料，開始說明。

「大前提就是，被稱為特異功能的能力有幾個原則。」

「原則？」

「是的。首先，能力是由當事人的願望與心結形成。使用能力有各自的代價與報酬、制約。另外就是能力之間會彼此干涉；父母親是超能力者，孩子也容易成為超能力者；發現能力通常是在十五歲到二十五歲左右等等。不過這些現在就先不提。」

超能力、特異功能、異能。

使用超越人類身體限制的力量，必須以「代價」與「報酬」的形式獻出自身，甚至連生命都必須付出。即使燃盡個人生命，也要實現願望、看到心願實現，這就是超能力。

沒錯，就像是過度強烈的情感成為詛咒一般。

「超能力者絕對不能忘記的，就是能力有其代價。」

能力必然會存在某種代價。

有可能是每次使用異能便會縮短壽命，或者更極端地，在使用瞬間就會死亡。甚至也有在當事人死亡後才會發動的能力。

珠子舉的具體例子，就是公安單位最著名的超能力者「白色死神」。

「白色死神」擁有「創造出劍」與「用這把劍砍對手，對手就會喪失記憶」的能力，而其代價是逆行性失憶症，也就是所謂的「健忘」。精確地說，是漸漸無法想起過去發生的事。

消除他人記憶的代價，就是失去自己的過去。

珠子用冷水沾濕嘴唇，補充說明：「現在據說已經只能維持一天的記憶了。」

「那真是傷腦筋。」

「我也只是聽過傳言，不清楚詳細情形，不過光從聽到的內容，也能理解這是很嚴重的狀況。對了，你既然擁有能力，應該也對代價與報酬有些頭緒吧？比方說突然無法做某件事，或是在某一天之後失去某樣東西之類的？」

「這個嘛……」

東彌用轉筆的方式轉動叉子，臉上泛起笑容。他似乎並不打算回答自身能力為何和其他問題。

這是很聰明的判斷。珠子心裡這麼想，繼續說：

「……一般來說，超能力者都會盡量不使用自己的能力。一方面是為了避免付出多餘的代價——」

「一方面是為了保留『能力』這張最後王牌……對不對？」

東彌替她說完。珠子點頭說「沒錯」。

「小珠，妳呢？」

「請你不要用這個稱呼……我怎麼樣？」

「妳也有這樣的能力嗎？」

「沒有……」

「哦，這樣啊？」

「……我只是大胃王。雖然也有人的代價是食量大……」

被異性直指食欲旺盛的事也很罕見。珠子感到難為情，便以「超能力者並不是那麼常見」結束閒話。

「也就是說，如果不知道代價是什麼，就不應該使用能力；即使知道，也應該少用。」

「哦……」

「你在聽嗎？」

「我在聽。」東彌回答，接著說：「不論代價是什麼，都是實現願望的代價吧？跟車禍、生病之類的比起來，為了想要實現的夢想而痛苦，感覺幸福多了。可以說正是『上天的贈禮』。」

珠子聽到他的話，不禁思考：這個少年幸福嗎？

他的願望是什麼？必須付出的代價是什麼？這樣的代價與能力是否相稱？然而，如果那是自己的心願成形的結果，不論是什麼代價，或許都必須承擔。

異常能力既是神所賜予的贈禮，也是這個人的「業」吧。

「你現在應該也明白能力具有多樣性的理由了。這世上沒有兩個人是相同的，就如你和我是不同的人、擁有不同的背景。同樣地，每個人的願望也都不一樣，我和你的願望一定完全相異。」

「所以能力也會不一樣？」

「沒錯。」

這正是特異功能這種異常能力被畏懼的理由之一。

能力千差萬別。什麼樣的人會產生什麼樣的能力，沒有任何人能夠預料得到。如果沒有事前的情報，即使能夠警戒「敵人有可能是超能力者」，也不知道「具體而言應該注意什麼」。

在不為人知的情況下，使用異常能力可以徹底擊敗初次遇見的人。

如果是手槍，可以預期「對手如果把手插入懷裡，就有可能掏出手槍」、「胸前或側面如果有不自然的突起，有可能是槍套」、「若是穿著長袖衣服，有可能隱藏暗殺用的小型手槍」等等，有無數該注意的地方。

武術和格鬥術也一樣。「如果對方拳頭長繭，有可能學過空手道」、「左手外展小指肌如果特別發達，有可能是劍道家」——像這樣觀察細節看穿對手，就可以預先警戒。

然而「能力」不同，它沒有線索。

佐井征一以「握力強」做為細微的異常能力的例子，但即使如此，如果是能夠捏碎人體的力量，也能夠「在擦身而過的時候破壞對手的手腕關節」。

「超能力者必須盡量避免自己的能力與代價被知道。」

料理端上來後，珠子邊吃邊繼續說明。

「知道或不知道、被知道或不被知道……這兩者是重要的因素。」

「的確。打麻將的時候如果看到對方一半的牌，就不會丟錯牌。另一方面，如果自己手中的牌被知道，贏面就會變得很低。撲克牌或花牌也一樣。」

「你喜歡賭博嗎？」

「喜歡啊，很喜歡。我將來想要做的職業是賭徒。」

「賭徒是職業嗎……」

東彌哈哈笑，黑色的眼珠閃爍著光芒。看來他非常熱愛賭博。

……是無法理解的類型。

自己從事這種工作，或許不該這麼說——不，正因為是有生命危險的工作，才無法理解在遊戲中賭上金錢的感受。珠子並不希望在不必要的地方承擔風險。

算了——珠子專心一意地把漢堡排送入嘴裡。切下一小片用臼齒咀嚼，肉汁便湧出來，起司的風味和多蜜醬非常搭。以家庭餐廳而言，料理的品質很高。珠子很喜歡這家店。

「話說回來呀，小珠。」

「請你不要這樣稱呼我……什麼事？」

「如果必須隱藏能力和代價，為什麼會有人知道那位公安單位裡某某人的能力？而且這種事可以告訴外人嗎？」

珠子停下用餐的動作。

她看到那雙眼睛注視著自己。這是評估的眼神。

珠子一口氣喝下杯中剩下一半的麥茶，壓抑內心萌生的恐懼，然後回答：

「……能力被周圍的人知道，大致可以分成兩種情況：一種是運氣好剛好沒被抓到的笨蛋，另一種就是——任何人都知道這個人的能力是什麼卻沒辦法打倒的超凡人物。」

透過思念、許願、祈禱來侵蝕世界，超越人類卻又屬於人類的異常能力——這就是特異功能，而擁有這種力量的人就是超能力者。

在這樣的異類當中也屬於異類，在異常當中也屬於異常，在異端當中也屬於異端的人物——

這樣的人雖然稀少，但仍舊存在。

「戻橋先生，你要反悔就趁現在，這次的對手也是這種異類中的異類之一。他的能力和代價雖然廣為人知，卻存活到現在，可說是傳說中的人物。」

東彌想起當他提到襲擊者的特徵時，珠子和佐井的表情明顯出現變化。

……當時東彌從大樓跳下去，落在停放的車輛上，驅策受到撞擊而疼痛的腳，想要儘快逃離現場。不過在他逃入附近巷子裡的時候，有一瞬間轉頭望向大樓。

他剛剛跳下的窗戶出現一名男人的身影。這名男子戴著黑影般深色的墨鏡，臉上即使戴著墨鏡也能看到很大的傷疤——那是灼傷的痕跡。金髮男人似乎認為有人從窗戶逃走了，緩緩地環顧四周。

東彌自知必須在被金髮男人發現之前逃走，拔腿狂奔，然而在這個瞬間，旁邊的地面隨著爆裂音炸開。這無疑是槍擊。「被發現了」——東彌心裡這麼想，利用預先調查的小巷子與躲藏場所，設法擺脫對手，回到家裡。

「小珠，我遇到的那個金髮男到底是什麼樣的人物？」

「『Fomoire（佛沃雷）』這個單字，用英文念應該是『佛莫雷』。在愛爾蘭神話中，佛莫雷族是吃人的怪物，而統治他們的王在日本也很有名，就是『魔眼巴羅爾』。這個魔神能夠咒殺看到的對象。」

「小珠……妳該不會是要說，那個金髮男擁有用視線殺死對手的荒謬力量吧？」

身為稍微知道一點（雖然不多）黑暗世界的前輩，雙岡珠子沉默片刻後告訴他：

「佛沃雷是魔眼使用者的祕密結社，首領的名字是威廉·布拉克，綽號是『惡眼之王』。據說和他四目相交的人，一定會死。」

珠子原本以為，知道對手是多麼強大的人物之後，這個瘋狂賭徒少年應該會改變想法。然而，一反她的預期，對方的回答是「真有趣」。接著東彌又說：「如果可以打倒那傢伙，那就太棒了。」

珠子驚訝到說不出話來。自從遇見這個名叫戻橋東彌的少年，珠子就一再地瞠目結舌或嘆息。

「『殺死四目相交的對象』——原來如此，的確很強。不過啊，小珠，強者其實往往是容易對付的對手。因為強者都會很自大，覺得『自己不可能會輸』，所以會疏忽大意、漏掉線索，掉入愚蠢的陷阱當中。」

這段話說得頭頭是道，珠子也差點被說服，但她想起戻橋東彌只是個私立大學生。不曾經歷過危險場面的他懂什麼？或者他真的經歷過驚濤駭浪，才能說出這些話？

珠子不知道這名少年度過什麼樣的半生，也不知道他擁有什麼樣的能力、是否具備判斷勝負的直覺。

然而，有一點她可以斷言。

那就是「人會死」。和賭博不同，不能在下一局賭一筆大的，來彌補先前輸掉的部分。輸就代表死亡——他所踏入的正是這樣的世界。

他真的、真的真的了解自己所處的狀況嗎？

「先別管這個，小珠。現在還是來談談更愉快的話題吧！」

夜晚，他們回到珠子住宿的公寓。

東彌躺在沙發上，裝作不知道珠子的憂慮，仍舊以輕佻的口吻說話。

「比方說小珠的三圍，或是以前談過的戀愛之類的話題。」

「駁回。」

「小珠，妳真冷淡。」

「我好心收留無處可去的你，你至少應該表達感謝吧？我也可以現在立刻把你趕出去。你要去住網咖嗎？」

「關於這一點，真的很感謝妳。謝謝。」

東彌老實地表達謝意，讓珠子有些不知所措，不過她還是問：

「雖然說問了也可能是白問，不過我還是要問你，你的能力是什麼？」

「這是祕密。妳不也說過嗎？特異功能者不能被人知道自己的能力內容和代價，所以我不能告訴妳。」

「我的確說過……」

「那就晚安囉～」

珠子原本想要逼問到他回答為止，但又想到對比自己年幼的對象認真也很愚蠢，因此最後什麼都沒說，只回答「晚安」。

戻橋東彌。

輕佻、開朗、又虛無而瘋狂的少年。

珠子閉上眼睛，湧起的只有不安，但不知為何，她內心其實也有毫無根據的預感，覺得「如果是他，或許有辦法解決」。珠子思索著東彌的魅力，以及自己對此產生的情感由何而來，不知不覺間進入夢鄉。

＋＋

「我們會去找出檔案，順便打倒刺客」——相對於東彌的豪言壯語，次日得到的卻是

「暫時待命」的現實命令。

現代的戰爭以情報戰為主，剩下的可說是附帶品。東彌等人要與佛沃雷戰鬥，也必須先調查對手有幾人、據點在什麼地方、有什麼樣的力量（裝備與能力）等等，才能採取對策。也就是說，在收集到情報之前，機動部隊的雙岡珠子以及她的協助者戻橋東彌都無事可做。

不過，內閣情報調查室好歹是情報機關。根據佐井分部長的說法，大部分資訊可以從警察廳、公安調查廳、防衛省、外務省等各機關入手的情報來調查。佛沃雷是以歐洲為中心活動的犯罪組織。只要從入境資料與武器調度路徑來調查（實際調查的是警察、公安），過幾天應該就能打聽出他們藏身於何處。

「既然這樣，應該也可以找到檔案藏在哪裡才對吧？難道是在背地裡發生了種種問題，或是互相扯後腿的情況嗎？」

東彌得到待命指示，走出分部長室之後，說出這樣的感想。

「不論如何，我們多了幾天的寬限時間，先去拿你的衣服吧。」

「啊，既然這樣，我希望可以在途中先去一個地方。」

「這倒是沒問題……」

珠子原先猜想，該不會是要去大學遞交休學申請，不過一反她的預期，東彌在導航系統輸入的地點是醫院。而且不是位在市區的醫院，而是建在山間、主要做為療養設施使用的大醫院。

「我有個朋友在住院。她是我從小認識的大姊姊，也是我初戀的對象。她跟小珠有點像。」

在前往目的地的途中，坐在副駕駛座的東彌這麼說。

「雖然不是攸關性命的病，不過有點棘手……她已經住院快十年了。」

「……那真是太不幸了。我能夠體會這樣的心情。」

「哈哈，一般來說，我應該要諷刺地問：『妳哪會知道心愛的人住院十年的心情呢？』不過從小珠的表情來看，妳好像真的知道這種心情。妳也有認識的人住院嗎？」

「沒有……是我自己原本身體虛弱，曾經住院過好幾年……」

下了高速公路，SKYLINE 行駛了快一個小時，抵達位於山間的白色箱型建築。不論是距離上或心理上都與外界隔離的這個地方，可以說位於此岸與彼岸之間——不，這樣形容未免太不莊重，畢竟住在這裡的患者確實有人陷入重度昏睡狀態，或是被宣告餘命無幾，在此低調度過餘生。

東彌以熟練的姿態與櫃檯的人交涉，然後進入電梯，前往六樓。他們在印了六〇五的病房前停下腳步。東彌敲門之後，回頭笑著說：「其實敲門也沒用。」

敲門為什麼沒用？珠子感到不解，不過她的疑問馬上就得到解答。

病房的主人在睡覺。她彷彿已經在那裡睡了好幾年，自然但又像人偶般規矩地躺在床上。她擁有長長的頭髮與病態白皙的肌膚，臉孔即使在同性的珠子眼中看來也很美麗，如果是快活的笑臉，一定會綻放難以抗拒的魅力。

持續睡眠的少女旁邊擺了一本筆記本。東彌翻開陳舊的筆記本，用放在那裡的筆寫了一些字，然後說：

「她叫做五辻真由美，就像我剛剛說的，是我從小認識的大姊姊，也是我初戀的對象。依據病歷卡，她罹患的是『克萊恩－萊文症候群』。」

「克萊恩－萊文症候群……？」

「這是睡眠障礙的一種。簡單地說，就是睡眠時間變得極長的病。患者會一整天，甚至嚴重的話會有幾天到幾個月的時間都在睡覺。雖然也有能夠正常生活的日子，不過很稀少。尤其是真由美的情況，已經接近嗜睡性腦炎，真的幾乎都在睡覺。每次她醒來的時候就會通知我，所以我知道她今天是這樣的狀態……」

克萊恩－萊文症候群，別名「睡美人症候群」。

這是睡眠障礙的一種，症狀是長達幾天或幾星期的時間，意識都處於朦朧狀態（嗜睡狀態）。症狀出現時，雖然也能進行簡單的應對、用餐及排泄等自主行為，不過當事人據說感覺像是在作夢一般。晚上睡覺後，醒來時已經過了一星期之類的情況也很普遍。

這種病症的患者很少，原因也不明，不過有很多自然痊癒的案例報導。換句話說，就是沒有找到有效的治療方式。

「這本筆記本是記錄冊。有人來探病，就會寫下名字和留言。對了，難得來這裡，小珠也寫些話吧。」

「可是看到陌生人的名字，會很驚訝吧？」

「雖然會很驚訝，不過也會高興啊。真由美的雙親很有錢，可是很忙，不太能夠來探病。她的小學和國中同學似乎偶爾會過來，不過也只有每年幾次、大家聚餐喝酒或開同學會的時候。所以拜託妳，不論寫什麼都好，在這裡留言吧。」

「……我知道了。」

東彌的語調依舊很輕浮，但他長瀏海後方的黑眼珠顯得悲傷。珠子發現到這一點就無法拒絕，接過筆記本和筆。

她在東彌的名字和「我跟漂亮姊姊一起來唷」的不正經留言底下簽名，然後寫下：

『戻橋先生目前正在協助我的工作。祝您早日康復出院。』

一旁的東彌正在對病床上的少女說話。「真由美，我來看妳了。」真由美對這句話沒有反應，不過當東彌握住她的手，她也回握了。東彌撫摸幾乎可以看到血管的白皙肌膚，然後緩緩放下她的手。

「好，這下就沒有任何牽掛了。走吧。分部長也許得到了新的情報。」

他說完這句話，兩人便離開醫院。

在回程的車上，東彌開口說：

「小珠，我可以拜託妳一件事嗎？」

「我倒想要拜託你，不要再用那個稱呼了……什麼事？」

「這是我小小的願望……」

街燈反射在奔馳於暮色中的銀色SKYLINE車身上。廣播節目播放著流行音樂，節目贊助商則是阿巴頓集團的相關企業。社會大眾今天也過著平常的生活，然而在這一切的背後，卻有某人在異常的世界運用異質的力量。藉由運用這樣的力量，某些人的生活得到保障，也有某些人的生活遭到破壞。

珠子今天也想到已經想過很多次的問題，或許是因為車內沉默的時間太長了。

東彌遲遲沒有說出他的「願望」。正當珠子想要開口催促時，他總算開口：

「我會賭上性命，但完全不打算死。之前是這樣，今後也打算如此。不過如果我在檔案相關的事件中死了，到時候希望妳能代替我來探望真由美。」

「戻橋先生……」

「雖然說是睡眠症，不過她也會有醒來的時候，而且有很多自然痊癒的例子。所以說，只要偶爾就可以了，希望妳能代替我到那間病房，和真由美說話。」

東彌拜託她。

可以輕易拿生命當賭注的狂人，宛若留下遺言般懇求的內容，是關於初戀對象的事。不知為何，這一點讓珠子覺得很好笑。「原來如此，他也是個普通人」——她心中產生這樣的想法。

也因此，她回答：

「……我沒辦法答應你。如果是心愛的人，就自己去探望吧。」

「我就知道小珠會這樣說。妳的意思是叫我『不能死』，對吧？小珠就是這麼傲嬌！」

「我真的會殺了你。」

「……妳果然對我越來越粗暴了。」

短暫的和平時光就這樣流逝。

再過幾個小時，佐井就會聯絡他們發現佛沃雷的人，情勢會急轉直下。不過在這個瞬間，他們完全沒有預料到那樣的事態發展。

✢

分部長佐井征一拿出照片放在桌上說：

「他的名字是一之井貫太郎。不過因為本人不喜歡這個名字，因此幾乎沒人用本名稱呼他，比較有名的是綽號『賭博破壞者』。」

「好帥唷～好像賭博漫畫的角色。」

東彌用嘲弄的口吻評論。佐井先瞪他一眼，又繼續說明。

次日，在分部長辦公室，兩人接到「發現佛沃雷相關情報」的聯絡，一同來見佐井。

一之井貫太郎是在大阪市中心經營地下賭場的青年。平常他待在兼作小賭場的自家，不過和多個幫派、地痞流氓等黑社會組織有聯繫，也開設賭場。說得更準確一點，他的主要工作是安排違法賭場的地點，連同經營權一起出售，可說是賭場的斡旋人、調度者。

他很少參與賭博，不過據說是因為他的賭技太強，大多數的賭徒都不是他的對手。他特別擅長麻將與撲克牌之類與人對戰的傳統賭博，得到「賭博破壞者」的綽號。年紀雖然還不到二十五歲，不過在關西的賭徒當中，已經逐漸成為傳說人物。

東彌聽佐井說完這些情報之後，笑了笑說：

「那我今天或明天就去見他，向他打聽消息。」

「見他……你該不會想要直接闖入他的地下賭場吧？」

「嗯。不要緊，我自己一個人去。不過如果妳能開車送我到半路，我會很感激。」

「什麼叫不要緊？你一個人去更讓人擔心！分部長，你也說些話吧！」

「我不打算刻意阻止想要自殺的人。」

珠子要佐井征一提出意見，但是他依舊只是重複先前所說的話。

「戻橋直接闖入賭場，纏住一之井貫太郎，在這期間我會去搜索已經查出來的相關設施，以及和他關係密切的賭場，以獲取佛沃雷的情報——包括組成人員、直通老大的電話、在日本的據點等等尚未掌握到的核心部分。如果這個想自殺的人順利從對方身上直接取得情報，那當然很好；不過，即使他失敗，只要能夠束縛對方的行動也不錯。一點問題都沒有吧？」

「可是……」

「放心吧，小珠。」東彌說。「我雖然喜歡賭博，可是沒有笨到會去挑戰沒有勝算的賭局。我已經想好兩、三個策略。分部長大人把我當成棄子也沒關係，我會自己設法取得必要的情報。」

「個性魯莽的年輕人真是可靠。」

「謝謝你的諷刺，分部長大人。為了我的策略，需要請你們準備幾樣東西，可以幫我準備嗎？」

「如果在我的能力範圍之內。」

兩人不理會珠子的心情，繼續對話。

不管了——珠子自暴自棄地嘆息。她明明知道這個少年是這樣的人。只不過一起去了一趟醫院，她就自以為了解對方，讓她感到自我厭惡。

戻橋東彌是個瘋子。

像這樣的狂人，不管有什麼下場，都不關我的事——她做出這樣的結論，又嘆了一口氣。

++

一之井貫太郎看到突然的訪客，首先想到的是：「該不會忘了記下來吧？」

一之井經營的地下賭場採介紹制，而且是完全預約制。除非是非常熟的常客，否則這裡不是初來的人能夠一時興起就造訪的店。更何況，這種地點——位於巷子裡的住商混合大樓三樓，而且必須從戶外安全梯才能進入——根本不太可能會有人順道造訪。一之井理所當然會想到：「也許是忘了記下預約的聯絡。」

然而，他立刻產生其他疑問。他完全不記得訪客的長相，即使重新戴上圓眼鏡審視，仍舊是不認識的人。之所以覺得這名訪客是初次見面的對象，不是因為逐年變得嚴重的近視，或許是因為真的是初次見面。

訪客的年紀大約二十歲左右，頭髮隨興地往後梳，身材瘦削，雙眼是深黑色，身上散發著與瀰漫室內的尼古丁完全不同的清爽香氣。那是整髮用的髮蠟氣味。最後他發現到，這名訪客的長相頗為英俊，尤其是一雙黑眼睛格外漂亮。

少年眼中的光芒與「正直」、「善良」無緣，卻很美。

「客人，請問你來到這種地方有何貴幹？」

一之井思索後，決定用無傷大雅的方式詢問。

相對地，神祕少年環顧不到十平方公尺的室內，左手仍插在夾克中，以輕佻的口吻說：

「還能有什麼事？這裡不是地下賭場嗎？我是來賭博的。」

「那真是太感謝了，不過本店採會員制和預約制。而且就如你所看到的，座位已經坐滿了。」

這間房比獨棟房屋的客廳稍大，中央設置一台全自動麻將桌，已經湊齊四個人。這四名中、壯年男子偶爾會把視線投向一之井和稀客的方向，但仍毫不鬆懈地繼續打麻將。

麻將桌只有一張，但另外還有撲克牌遊戲等設備，可以自己做莊來賭博，然而一之井刻意出言趕走對方。

他的用意是為了確認少年認真的程度。一之井不知道對方是在哪裡得到這家店的情報，不過他並不打算和沒什麼錢、只想玩火的小孩子賭博。

然而，對方的回答出乎他的意料之外。

「先說好，我沒有多少錢。」

「……沒錢？我越來越不懂你的來意。」

「所以說，我是來賭博的。我聽說那位有名的『賭博破壞者』——一之井貫太郎在這裡，所以想要來挑戰一下。不行嗎？」

「你只為了這樣的理由而來？」

少年搖頭說「不是」後繼續說：

「老實說，我算是受僱於某個人。總之，我是來取得傳說中的『賭博破壞者』隸屬的組織『佛沃雷』的情報。」

一之井的心臟震了一下。他已很久沒有這種感覺。

以麻將來比喻，就好像來到最後一局，和第一名差距很大。只要丟掉這張牌就可以聽牌，不過能不能胡牌還很難說，而如果胡牌就有可能贏。當然也有可能被對方胡牌，但只要自己胡牌便有可能逆轉。一之井此刻的心情大概類似這種感覺。

也就是因為感到「有趣」而興奮。

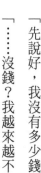

只有在面臨非比尋常的危機時，才會有如此高昂的情緒。

「……如果你知道的傳言是真的，怎麼辦？如果我真的是魔眼怪物犯罪集團『佛沃雷』的成員怎麼辦？」

身為賭徒的好奇心封住理性，讓他說出這些話。

「我會向你挑戰。啊，不過別動粗。我最討厭暴力和說謊的人了。」

「你說的情報，具體而言想要什麼樣的內容？」

「我有話想要告訴被稱作『惡眼之王』的佛沃雷首領——威廉·布拉克，所以想知道他的手機和電子郵件。如果沒有直接的聯繫管道，也希望能知道取得聯絡的方式。」

「那麼，如果你輸了，要給我什麼？你要賭什麼？」

對於一之井的問題，少年裝出有些煩惱的神情說：

「……就像我剛剛說的，我沒有東西可以賭，能做的頂多就是對僱用我的人提出假報告，譬如說『這裡沒有任何線索』、『一之井貫太郎和佛沃雷完全無關』。不過這樣的話，對你們來說完全沒有好處。」

「的確如此。」

「那要不要賭手指？」

「手指？」

一之井反問，少年便愉快地揚起嘴角。

「賭博項目就選……撲克牌吧。我上次才挑戰過麻將。各自的籌碼是二十張，五次勝負。我會在每一張籌碼賭一根手指。賭完之後，如果我輸了，就切斷等同被拿走的籌碼張數的手指，做為不知好歹地向專業賭徒挑戰的謝罪。這樣很符合違法賭博的風格吧？」

「……你瘋了。」

「嗯，常有人這樣說。」

「好吧。那如果我輸了，就要告訴你和老大聯絡的方式嗎？但是如果你輸了十張以上怎麼辦？要切斷腳趾嗎？」

「這樣的話會妨礙到日常生活，有點困難。」

少年面帶笑容，一副好像切斷幾根手指不算什麼的口吻，然後說：

「如果輸十張以上，可以割斷我的右手臂。」

一之井無言以對。

太瘋狂了。

這個條件太瘋狂。

首先從少年的角度來看，輸掉一張籌碼便切斷一根手指的代價實在太荒謬。即使是真正的黑道成員，為了謝罪切斷的也只有一根小指；就連以暴力維生的人，只要切斷一根手指就算付出了代價。再怎麼誇張也要有個限度。

除此之外，輸十張以上就要切斷一隻手臂，這樣的條件有誰會接受？

結局未必會如事前預測。只要運氣好，弱者也能輕易擊敗強者。正因為運氣占了很大的要素，才稱之為賭博。這種事只要稍有涉足賭博的人都知道。不論如何謹慎、擁有多高的天分，會輸的時候還是會輸。

也因為如此，這個提案才顯得異常。

割斷手臂的代價太高。如果處理得稍微晚一點，就有可能因為失血過多而死。就這點來看，實質上等同於賭上性命。對方如果也是相同條件就算了，但一之井賭的只有情報。即使是最高機密，放在天秤上也不可能和生命等重。

從一之井的立場來看，就算切斷少年的右手臂，也得不到什麼好處。雖然可以透過地下管道，賣給有特殊性癖好的人，但如果要經過那麼麻煩的手續，還不如直接拿到錢。

不過，一之井貫太郎忍不住這麼想——

「……你這個人真有趣。」

身為賭徒、身為麻將選手、身為活在黑社會的人，少年虛無的瘋狂讓他不禁感到有趣。

他難得想要一決勝負。

想要賭博。

「好啊，就來賭吧。如果你能勝過我，我就告訴你聯絡老大的方式。不過如果你輸了，就要切斷你的手指、手臂。」

「……一言為定？」

「嗯，我保證。對了，你叫什麼名字？」

「我叫戻橋東彌。請多多指教，賭博破壞者先生。」

東彌笑著，伸出做為賭注的右手，進行或許會成為人生最後一次的握手。

Hold on/ Bad beat

「為了實現願望，我願意接受任何苦行。」

他說完就吊起身體。

他看著八顆閃耀的星星，

身體倒吊著伸出手，

渴望得到絕對無法觸及的光芒。

賭博內容是五回合的撲克牌遊戲。

東彌與一之井面對面坐著。他們使用的是先前那些男性客人打麻將的全自動麻將桌。東彌坐在靠出入口側，一之井坐在裡側。一之井背後是那些男性客人。他們有的坐在椅子上，有的靠著柱子，有的則一副興致索然的樣子看電視，各自打發時間。

「『賭博破壞者』要一決勝負。」「雖然是撲克牌，還是很想看看。」「這個小鬼真的要切斷手指嗎？」對於議論紛紛的那些男人，東彌首先提出的要求是「不要站在我後面」。

「叔叔們是常客吧？這麼說，就很有可能看我手中的牌，然後告訴一之井先生。你們要旁觀沒問題，不過請到一之井先生背後。」

從戻橋東彌的立場來看，這間賭場是完全的敵陣，除了自己之外都是敵方。在這樣的狀態下賭博，提出這種要求也是理所當然。一之井和其他男人也都接受他的條件，於是形成現在的局面。

「規則要怎麼定？」

「啊，在那之前，一之井先生，請使用新的撲克牌。如果是已經開封過的，很難保證上面沒有做各種記號。我要賭上自己的手指和手臂，這點提防應該也是必要的吧？」

「我知道了，你等一下。」

一之井走向背後的倉庫，從壁櫥拿出一副沒有開封過的撲克牌。這點備用品當然有庫存。

東彌的指摘很合理。如果是賭上巨額的重要賭局，要求使用新品可說是常識。連這種事都想不到的人，就會被奪走身上所有財物，最後身無分文地被丟到街上。

禁止作弊是前提，不過在此同時，沒有被發現的作弊等同於不存在。也因此，賭徒既是擅長作弊的人，也是擅長看穿作弊行為、擬出對策的人。

「給你。」

一之井把還貼著價格標籤的撲克牌丟給東彌，又問：

「你說要用撲克牌來賭，規則要怎麼定？要玩德州撲克？七張梭哈？還是印地安撲克？」

「不要玩那些複雜的遊戲。我希望可以回到單純的原點──換牌撲克。」

「那就玩五張換吧。」

「五張換（five - card draw）」是撲克的基本方式之一。

玩家各自抽五張牌，換過幾次牌後，反覆進行跟注（接受賭局）、加注（提高賭金）、蓋牌（退出）。一般人聽到「撲克」聯想到的規則，就是這個「五張換」。

當戻橋撕開塑膠膜、取出撲克牌時，一之井問他：

「底注呢？」

「從一張籌碼開始往上加，然後嘛……第一回合和第二回合一張，第三回合兩張，第四回合、第五回合三張。這樣可以避免有人一路領先。一開始下底注之後，彼此輪流抽一張，憑五張手中的牌決定勝負。換牌最多兩次，加注也同樣最多兩次。除了蓋牌之外，最後一定要亮牌。」

「賭注上限怎麼設定？先攻後攻呢？」

「不用限制，沒有上限。可以的話，由我先攻吧。」

「知道了。第一回合、第三回合、第五回合就讓你擁有先抽牌和先加注的權利。第二回合和第四回合倒過來。」

「啊！還有，為了避免作弊，一定要單手抽牌。如果把整疊紙牌弄倒，就視同作弊，立刻判輸。」

東彌以笨拙的動作洗牌之後，把整疊紙牌遞給觀眾說：

「各位叔叔，你們來幫我洗牌吧。」

在觀眾洗牌的同時，兩人繼續決定規則。

「對了，你抽出鬼牌了嗎？」

「啊，我沒抽出來。這樣就有萬用牌了。」

「我是不在意……」

一之井把原先推到桌子邊緣的菸灰缸拉過來，點燃Lark香菸。

「如果有鬼牌，那麼牌型大小依序就是五條、同花順、四條、葫蘆、同花、順子、三條、兩對、一對、散牌吧。」

「有鬼牌的同花順和純正的同花順，是後者比較大嗎？」

「這樣的規則比較常見。」

「我知道了。啊，一之井先生最後也洗一下牌吧。」

在場的所有人都洗過牌之後，整疊紙牌便被放到桌上。

終於要開始了——正當觀眾心中湧起這樣的期待，一之井邊抽菸邊問：

「你不要緊嗎？」

「什麼東西不要緊？」

「你不需要對手讓步嗎？我現在雖然是管理者，不過以前是完全靠賭博維生的人。你一個外行人能贏我嗎？」

對於一之井打心底感到擔心的問話，少年回答「那如果平手就算我贏吧」，然後打了呵欠。他的態度似乎在說：不要再囉嗦了，趕快開始吧，似乎完全不覺得自己的手指或手臂有可能被切斷。

這名少年究竟是超級大人物？或者只是大笨蛋？

「好，讓我們好好享受這個充滿謊言、瘋狂與心機的世界吧。」

坐在對面的一之井仍舊無法判定，牌局就開始了。

++

撲克是什麼樣的遊戲？

湊出較強牌型的人勝出是基本規則，不過就如許多其他賭博，其中也包含勾心鬥角的策略。

一開始會抽到什麼樣的牌？假設沒有second deal（發第二張牌）之類的作弊，那麼起手完全只能靠運氣。不過要交換幾張手中的牌，既是機率的計算，也是和命運女神的討價還價。即使得到一對，接下來的五張是同花順的可能性也不是零。

不用說，撲克主要是和對手間的心理戰。即使是散牌，也可以藉由加注一百萬、兩百萬來展現自信，讓對手警戒，那麼無序的五張牌就會成為最強的牌。

此外，撲克——不，應該說是任何形式的賭博——也是和自己的心理戰。如何保持冷靜？在什麼樣的時機轉守為攻？如何壓抑在內心增長的疑心與恐懼？賭博是和運氣戰鬥、和對手戰鬥，亦是和自己戰鬥。

而且它的有趣之處，就是並非「一定要戰勝所有對手才能得到勝利」。就如「初學者的好運」這種現象所代表的，運氣有可能超越一切。

或者相反地，即使被上天拋棄，只要能夠控制自己、欺騙敵人，就能獲得勝利。

既荒謬又沒有條理，但也不只是這樣。

賭博感覺有點像人生。

「加注。兩張。」

「蓋牌。」

「決定得太快了吧……有那麼糟糕嗎？」

一之井還沒拿出籌碼，東彌就選擇要退出。

這樣一來第一回合就結束了。最初下的底注到一之井手邊，雙方籌碼變成二十一比十九。剩下四回合。

一之井貫太郎在上國中之前就學會賭博，撲克不知道已經玩過多少次。由於規則上沒有特別的地方，因此也不需要擔心作弊。

只要普通地贏就行了。

「嗯……」

第二回合——

一之井瞥了一眼手中的牌，然後觀察坐在眼前的少年。對方沒有焦急的神色，眼中閃爍著冰冷的光芒。明明已經輸掉一根手指，卻非常冷靜。

值得擔心的事情只有一個。

……他的目的是什麼？

沒錯，這才是真正的問題。眼前這個名叫戻橋東彌的少年，究竟有什麼目的？這一點完全無從得知。

難道他是相信自己的運氣，毫無對策就跑來這裡？沒辦法完全斷定不可能有這種事，就是賭博可怕的地方。說得極端一點，如果一開始拿到的牌是「五條」，那就不會輸了。這是千真萬確的事實。

如果是一般人、不賭博的人，或許會一笑置之，覺得「怎麼可能」，不過長年生活在賭場的一之井卻無法隨便否定。

麻將中被稱作「終極役滿」的九蓮寶燈因為難度太高，甚至有「胡牌就會死」的說法，機率只有百分之〇・一以下。不過即使是這樣的牌型，也會有出現的時候。天胡或國士無雙十三面聽也是如此。

過度的好運就如黑洞，會把所有策略化為無。

這種荒謬之處就是賭博。

……以撲克的情況來說，「四條」以上的牌型很少出現，只要能湊出「葫蘆」幾乎就不會輸。難道少年是想要湊到一定程度以上的牌型來決勝負？

以戰略來說的確不錯。尤其是面對職業賭徒的時候，與其採不成熟的心理戰，不如明確地決定「在這以上就下注，以下就蓋牌」，才能不被迷惑地對戰。

戻橋東彌左手一直插在夾克口袋裡，慵懶地坐在椅子上，完全看不出有任何動搖。

「一之井先生，你果然很強。」

當牌局進行到接近一半，東彌開口說。

第一回合由東彌蓋牌，第二回合一之井的「同花」戰勝東彌的「三條」。兩人的籌碼相差四，變成二十二比十八。

「有機會的話，下次我想要比麻將。畢竟今天沒辦法打。不過到時候我不打算賭任何東西。」

「你平常都不賭嗎？」

「不賭，只是當遊戲而已。賭博的話就會想要贏，或者應該說，既然要賭就要求勝，才符合美學。」

「的確是這樣沒錯。」

「順帶一提，『不挑戰沒有勝算的賭局』也是我的原則。」

「你以為你在這場賭局有充分的勝算嗎？」

「沒錯。」東彌俯視手中的牌。「老實說，這場比賽我會贏喔，一之井先生。」

「……什麼？」

彷彿被一之井的錯愕傳染，觀眾的那些男人開始騷動。少年瞇起眼，似乎在嫌喧囂聲太吵，接著把底注的籌碼彈到桌子中央。

「你大概真的很強，擁有特別的能力。依照普通方式，我不可能在賭博中獲勝，不論是撲克、麻將、花牌、甚至是柏青哥都一樣。正因為如此，你應該要考慮更多才對。我雖然賭上右手臂，可是沒有並笨到去賭沒有勝算的遊戲。如果沒有勝算，那就不是『一決勝負』，只是『敗走』，等於是通往敗北的倒數計時。」

「……少廢話。你要換幾張？」

「別這麼急，慢慢享受這個氣氛吧。只有在賭上重要東西時，才能體驗到這種刺激……從五臟六腑到指尖，全身都在脈動、腦袋好像燒起來的感覺……話說回來，賭上手臂的只有我。總之，我特地給你思考的時間，請你仔細想想看，要不然你一定會後悔。雖然說，在賭博中即使思考也會後悔……」

後悔？一之井不可能會後悔。

這就是他由衷的想法。他手中有較多籌碼，賭局也快進行到一半，此刻的牌也絕對不算差。

難道少年準備好要作弊，所以有逆轉的自信？不，這樣的可能性很低。這裡是一之井的店，不論是在撲克牌動手腳，或是裝設鏡子、攝影機，應該都不可能辦到才對。即使少年收買了站在他背後的某個人，只要小心避免讓後方的人看到牌就行了。

那麼到底是怎麼回事？

怎麼回事……這傢伙哪來的自信……

難道是窮途末路的最後掙扎？這樣的可能性當然也存在。

然而，眼前這名少年的眼中蘊含著光芒。

那是美麗的光芒——與人類善良本性和道德觀念無關，也因為無關而美麗的光芒。

少年的微笑中毫不隱藏虛無的瘋狂，臉上沒有恐懼或不安的神色，相反地卻展現出泰然自若、愉悅、嘲笑等勝者才有的情感。

如果是裝腔作勢，那麼是為了什麼目的？讓我蓋牌能改變什麼？他是在利用指定規則來作弊嗎？到底是什麼樣的作弊？在這場遊戲中，能夠耍什麼把戲？

一之井越想越陷入思考的漩渦。

正因為精通各種花招、看過無數勝者與敗者，這個男人才會被自己的理性混沌吞噬。即使看穿「像這樣讓自己混亂才是對手的用意」，但他還是會想要探索「讓自己混亂之後對手獲勝的途徑」，無法停止思考。

戻橋終於說：

「你已經想得夠久了吧？我要出了喔？」

這個瞬間，少年露出意有所指的笑容。

「這樣——應該沒關係吧？」

他彷彿要下達最後通牒一般，以充滿敵意的禮貌態度，展開手中的一張牌。

沒錯，是鬼牌。

++

戾橋東彌突然亮出手中的牌。

雖然規則上並沒有禁止亮牌，卻出人意料之外。

他是在展開心理戰。

「你想要暗示自己有很強的牌，逼我蓋牌嗎？現在我有二十二張籌碼，你有十八張。第三、四、五回合中，只要我都蓋牌，就會有八張籌碼的底注到你那裡，這樣一來你和我的籌碼就會變成二十六比十四，由你獲勝。這就是你的目標嗎？」

「你說呢？」

東彌敷衍地回答，並交換手中的一張牌。

「我的記憶力很好，可是不擅長計算機率。事實上我有學習障礙，超過一定複雜度的四則運算，一定要寫下來才能計算，而且要花很長的時間。所以我根本就不知道同時抽中兩張鬼牌的機率之類的。當然我也知道，這要很好的運氣。」

東彌以輕佻的口吻說話，而一之井則與他形成對比，內心比幾分鐘前騷亂許多。一之井雖然感到動搖，但刻意壓抑情感，假裝鎮靜並換了三張牌。他湊出的是數字8的三條。對方突然亮牌，揭示一張鬼牌，換牌只換一張，更重要的是他那充滿自信的態度。

一之井腦中閃過的是最強的牌型——五條。

五張當中有一張是鬼牌。假設他和先前的一之井一樣，已經有一對8，那麼一對8加上鬼牌便是三條。在這樣的情況，如果是一之井，就會交換兩張牌。只要再抽中一張8，就是四條了。

然而東彌只換一張牌，這意味著什麼？

一個是「只差一張牌」的情況。譬如鬼牌加三張紅心，或是4、5、6加上鬼牌的情況。前者只要再抽中一張紅心就是同花，後者只要抽中7或3就是順子。

或者也可能是這樣：他手中有一對8，如果將鬼牌加另一張牌（譬如7）當作一對，就可以看成8和7的兩對。這時再換一張，如抽中8或7就是葫蘆。這是理論上很合理的解釋。

然而，假設東彌手中已經有三條，然後只揭示鬼牌的情況——

這樣一來一之井就只能蓋牌。畢竟對手已經湊出四條，最糟糕的情況還有可能讓他湊到五條這樣的最強牌型，與之對決根本沒有意義。

但這是撲克遊戲，也是賭博。虛張聲勢的可能性很高，也因此才有心理戰、才有策略，這樣一來就不能忽視「抽到兩張鬼牌的機率」這句戲言。

他在唬人嗎？

或者真的湊到很強的牌型？

「加注，兩張。」

東彌彷彿是要奪走他思考的時間般加注。

數量是兩張。

第三回合開始前，一之井貫太郎的籌碼是二十二，戻橋東彌的籌碼是十八。兩人從這裡各出了兩張籌碼當底注，也就是說，現在兩人的籌碼各為二十和十六。在這樣的狀態，如果賭兩張輸了，就會變成二十六比十四，兩人相差十二張。

如果接下來又輸了第四、第五回合，東彌的右手臂就會被切斷。

那麼，他果然是湊齊了牌嗎？

「……跟注。」

一之井靜靜地遞出三張籌碼。

一之井手中的牌是8的三條，絕對不算弱，下一次換牌也不無可能湊到葫蘆。也就是說，這是觀察情況的跟注。

然而——

「不換牌。」

東彌立刻用指尖敲了兩、三次桌面，表示過牌。

現在已經不是從容「觀察情況」的時候。

從二十比十六的狀況賭兩張，而且不換牌，如果是唬人的話，未免太大膽。東彌賭的不是小錢，而是手指、手臂，照理來說，應該會想要有萬全的保證，才符合人之常情。

加注不是全下這一點也很麻煩。就算輸了，東彌也會剩下十四張籌碼。第四回合、第五回合要是一之井蓋牌，就會有六張籌碼的底注流到東彌那裡，變成二十比二十。依照事前約定，如果平手就算東彌贏，因此一之井沒辦法光下底注而保持領先。最好還是別想像對手是自暴自棄。

話說回來，如果一之井此時退出，最早加注的兩張加底注的兩張籌碼就會到東彌那裡，被逆轉為十八比二十二。

……仔細想想看……

他盤算、考慮、思考。

從另一個角度來看，眼前的少年——戻橋東彌曾宣稱「我的記性很好」，那麼他也可能記住所有已經使用的牌，然後算出機率。

現在是第三回合。第二回合有比出勝負，彼此亮出手中的牌，不過第一回合因為東彌立刻退出，因此一之井並沒有看到東彌手中的牌。情報優勢在對方那裡。

不，即使如此——

即使是這樣的情況，也很難相信他會有如此強勢的態度。

或者有沒有可能這場賭局本身就是在拖延時間？也許在他們悠閒賭博的時候，警察已經準備妥當，即將一舉攻入。不，不可能。一之井也多少能得到警察內部的情報。警方並沒有突襲的計畫，安排在大樓周圍、負責警衛的人員也沒有聯絡。

「……該不會是……」

此時一之井想起來了。

對面的這名少年踏入賭場時，曾經說過：「我是來取得佛沃雷的情報。」「我想要知道威廉．布拉克的聯絡方式。」這是當初戾橋東彌要求的戰利品。

那麼——

一之井開始思索。

這傢伙知道老大的存在，也知道佛沃雷的組織名稱及「惡眼之王」的別名。那麼他也很有可能知道能力的存在——不，這傢伙很有可能自己也能使用能力！

一之井得到這樣的結論。

實在是太愚蠢了。他醒悟得太遲，原本應該在和對方交談過一、兩句之後就想到這一點，然而，他直到現在都沒有發覺。為什麼？這個問題只有一個答案，就是他沒有想到這麼年輕的孩子會是超能力者。

因為他小看眼前的少年，認為對方只是個不要命的笨蛋。

一之井不禁笑了。仔細想想，他的能力覺醒，也是差不多在少年這樣的年紀。

當他和這名少年一樣不要命的時候，曾經得意忘形地闖入美國的賭場。一開始雖然贏了錢，但不久之後就一直輸，最後被逼到差點要被取走性命。一之井貫太郎的能力就是在那個瞬間覺醒。

……真懷念，當時也是撲克

「只要能看到發牌員手中的牌……」、「只要能夠知道下一張牌是什麼……」當他這麼想、祈禱、許願時，得到了透視能力這項無敵力量。

一之井貫太郎的能力（魔眼）是「透視」。

在眾多超能力當中，這項能力應該屬於主流。和「能夠咒殺四目相交的對象」這種非比尋常的力量相較，雖然不算太厲害，但是單單在賭博方面，卻是極為強大的特異功能。

能夠看到對方手中的牌，也能看到桌上背面朝上的牌，甚至接下來要發的牌，這就是一之井的能力。只要是對人的賭博，他就不可能會輸。畢竟賭博的本質就是要拚命抓緊運氣，互相欺騙。

然而，只有他是特別的。只要使用這項特異功能，便能取得所有情報。

他不可能會輸。

正因為如此，一之井貫太郎才會被稱為「賭博破壞者」。策略與不確定性這兩個要素對他而言都不存在，遭他踐踏與嘲笑。蹂躪所有賭場，擊倒所有賭徒——這就是「賭博破壞者」。

然而也因為得到這種異常能力，使他連原本享受賭博的心情都失去了，這或許也是一種譏諷吧。

他揉了揉視力變得相當模糊的眼睛，重新戴上眼鏡。嚴重的近視是透視能力的代價。他越使用能力，視力就會越差，持續使用能力或許還有失明的危險。他之所以退出賭場，也是為了這個理由。

近視是無法看清遠處物體的症狀，他自嘲這是很適合賭徒的代價：不去思考未來，只執著於眼前的勝負，因而誤入歧途。這正是自古以來不變的賭徒沉淪方式。

「呼……」

……現在不需要去管這些，仔細想想。

一之井打斷回憶，重返現實。他像是要打破迷惘般，把叼在嘴裡的香菸壓在菸灰缸中捻熄。

戻橋東彌知道「佛沃雷」和「惡眼之王」。

那麼，假設他知道超能力的存在。

一之井有兩個疑問。第一個疑問是：「這傢伙知道我的魔眼嗎？」第二個疑問是：

「這傢伙是不是也有某種能力？」

如果第一個疑問的答案是「不知道」，那就能夠說明現況。東彌是在運氣占很大要素的撲克遊戲中進行心理戰。或者，如果第二個疑問的答案是「有」，那麼他或許已經計劃好利用能力取勝，或是在失敗時立即逃走。

問題在於第一個疑問的答案是「知道」的情況。

在這個情況下，東彌應該自知「不可能在撲克這樣的遊戲中獲勝」。

……如果他理解這一點而挑戰賭局，第二個疑問的答案應該是「有」才妥當。就如一之井的透視因為沒有證據而不會構成作弊，假設東彌的能力是變更手中的牌（轉移系能力或物質變換系能力），那麼，他的作弊行為當然也不會被追究。

仔細想想就會覺得奇怪。

戻橋東彌的目的是要收集佛沃雷與其領導者的情報。如果他又是超能力者，那麼只要利用能力奪走手機或電腦就行了。或者也可以透過拷問，逼對方吐出聯絡方式。與其挑戰敵方不知道會不會遵守約定的賭局，這麼做更加合理。

那麼，為什麼？

……一之井雖然沒有蠢到完全相信敵人的話，不過，也許東彌就如他自己說的：「不會挑戰沒有勝算的賭局。」他覺得自己的能力即使正面對決也沒有勝算，因此才設定使用能力能確實獲勝的場合。

而那正是這局換牌撲克。

既然如此，東彌應該是打算利用某種特異功能，變換手中的牌。他利用第一回合、第二回合讓對手鬆懈，然後打算在底注提高的後半段贏回來。

一之井看到了、看穿了、看透了。

他看見眼前這名少年的勝算與獲勝途徑。

「喂，已經超過一分鐘以上了吧？」

「嗯？喔……放心吧，我要決定勝負了。」

一之井回答之後，按下在腦部深處的按鈕。

轉動發動特異功能的鑰匙。

他已經看穿對手的所有戰術，接下來用魔眼來對答案即可。如果對方拿到很強的牌型，他就會退出；如果猜錯了，可以先放下心，然後重新思考對手的用意。

於是，一之井貫太郎檢視少年手中的牌——

＋＋

有一個詞叫做「撲克臉」，也就是「面無表情」、「假裝鎮定」的意思。

一如字面所示，這個詞是從撲克這種賭博而來。在以心理戰為主的撲克中，如果把感情顯露在臉上，就不可能獲勝。只要是一定程度以上的賭徒，就會「避免把感情流露出來」，讓對手理解到手中牌型的強弱。

沒錯，一定程度以上。

對於一流或超級一流的賭徒來說，「不顯露感情」是理所當然，此外還要加上「顯露虛假的感情」、「假裝由衷高興」，學會不依賴言語的虛張聲勢，最終達到「讓對手觀察到偽裝的習慣」這樣的領域。

「啊……」

知情的人常常會誤會，不過一之井貫太郎這個人在得到透視能力之前，就已經是一流賭徒。至少他具有潛入地下賭場、和黑道人士對戰的膽量與實力。

不用說，他也很擅長擺出撲克臉。

然而，此刻的他卻首度流露出真正的情感。

他的臉上不自覺地露出驚愕的表情。

「咦，怎麼了？怎麼露出這樣的表情？這不是很常見的事嗎？大家只能憑自己被分配到的牌來一決勝負，不過手上牌的強弱並不會直接通往勝負，重要的是怎麼使用。彼此欺騙、偽裝，只要陷入陷阱，最強的鬼牌也有可能輸給最弱的梅花2。這才是賭博……而且，這也是人生吧？哈哈，對以賭博維生的人講這種大道理，會不會很失禮？對了，一之井先生——」

「你、你是！」

有誰能夠不驚訝？

東彌手中除了鬼牌以外，其他的牌是紅心3、梅花J、梅花2、還有同樣是梅花的5，只能說是亂七八糟的爛牌。

湊出來的牌是一對。

「你為什麼這麼驚訝？該不會是看到我手中的牌吧？不過既然被看穿了，我就直接宣布，好讓後方的各位客人也明白吧。我手中的牌沒有很強。」

後方的男人開始議論紛紛。一之井對他們的聲音感到心煩，同時思索——

為什麼會變成這樣？

「我本來想要像賭博漫畫中的人物那樣，用充滿自信的態度展開心理戰……不過看來一之井先生看穿了一切。」

「唔……」

「咦？你為什麼擺出那樣的表情？你覺得我在開你玩笑嗎？真抱歉，我只是想要試試看，真正的賭徒能不能發現到我在虛張聲勢。對了，一之井先生，我想要問你一件事……」

少年以閃爍著妖豔光芒的眼睛看著男人，帶著絲毫不掩飾虛無瘋狂的微笑。

他站起來，雖然退後一步，卻彷彿踏入男人的內心。

「──一之井先生，你該不會真的看得到我的牌吧？」

聽到這句話，無數視線刺在一之井的背上。摻雜著疑惑與輕蔑的視線令他不愉快到極點，忍不住想要猛抓背部。

然而一之井完全沒有顯露這樣的心情，重新擺出撲克臉回答：

「怎麼可能會看到？如果你以為我靠那樣的作弊獲勝，那真是太遺憾了。」

「你說的喔？那麼接下來就輪到一之井先生了。你要交換幾張？還是要蓋牌？」

「呃，嗯……」

一之井順著東彌的話，抽出不要的牌，把手伸向桌上疊起來的撲克牌。既然東彌只有一對，自己憑目前手中的牌也能贏，不過為了消除不自然的印象，還是應該換牌吧。

一之井準備要換牌，但是——

「咦？」

這個瞬間，他的手停下來。

不，是他的身體整個都無法動彈。伸到一半的左手只是微微顫抖，遲遲沒有抽牌，彷彿全副身心都在抗拒「決定勝負」的行動。他的理性被強行壓制，連一根手指都無法控制。

他的身體違反意志，變得僵直。

接著發生更令他難以相信的事。

「……我……退出……你贏了……」

痙攣的嘴唇說出完全與他的意志相違的話語。

他不了解這是什麼意思。

一之井手中的牌是三條，少年手中的牌最大也只有一對J，他不可能蓋牌。即使看不到對方手中的牌，要不要跟注也可以等換牌之後再決定。

然而——

「……咦？」

一之井對自己說出的話感到驚愕。

而少年照例以輕佻的語調說：

「是嗎？你要讓我贏啊？謝謝。」

在接下來的瞬間，一之井的身體恢復自由，但因為突然從束縛被解放，他不禁趴倒在牌桌上，把整疊撲克牌都打散了。意料之外的事接連發生，讓他沒有空閒意識到防止作弊的規則。

這麼一來賭局就真的結束了。

「唉，你把整疊牌都弄倒了。不是說過了嗎？『把整疊紙牌弄倒視同作弊，立即判輸』。算了，反正算我贏就行了吧？」

「我……輸了？」

「呼，太好了，我不用切斷手臂……對了，一之井先生，既然勝負已定，你可以快點告訴我，要怎麼聯絡佛沃雷的威廉．布拉克嗎？」

「……等等，剛剛一定是哪裡出錯了！我突然……」

「咦？是你自己說『我輸了』，不是嗎？」

「不對，不是這樣……對了！下一次……」

一之井努力擠出懇求的話語，但東彌不接受。

「下一次？沒有下一次喔。再賭一次我有可能會輸，所以結束了。來吧，快點告訴我聯絡方式。」

「喂……別開玩笑！那種贏法、那種輸法，你以為我會接受嗎？」

一之井平靜的語調中，蘊含著內心強烈的怒火。

隨著宛若從地獄深處傳來的怨嘆、咆哮聲，他從懷裡取出一把左輪手槍。這是柯爾特公司製造的單動式陸軍轉輪手槍。

他身後的男人更加驚恐，紛紛躲到柱子後方或椅子底下，避免被捲入麻煩。然而不同於周圍如此焦慮、困惑、恐懼的眾人，對峙的兩人態度卻非常平靜。

其中一人平靜地朝著對手舉起槍。

另一人則以漂亮的黑眼珠盯著槍口。

「坐下來吧。再來賭一局。」

「賭完之後還囉哩囉嗦的，感覺比較像在開玩笑吧？喂，一之井先生，我最討厭不遵守自己說過的話的人——也就是說，我最討厭說謊的人。」

戻橋東彌如此回應之後，採取行動。

「採取行動」的東彌並沒有做什麼特別的事。

他無法瞬間縮短距離、奪取對手的槍，或是自己也立即拔槍並率先槍殺對手。運動能力欠佳的他就連「躲到傢俱後方」這種誰都會的動作，都有可能花費太多時間。

東彌做的是非常簡單的動作。

他舉起右手表示投降，接著把進入店裡之前就一直插在口袋裡的左手也舉起來。

沒錯，他舉起手，展示手中握著的手榴彈。

「……你……那是什麼！」

「看不出來嗎？這是手榴彈。如果看不清楚，應該是你那副眼鏡度數不足吧？我可以看得很清楚……比方說，一之井先生的腳邊。」

「唔……我當然看得出來那是什麼！我是在問你，為什麼拿著那種東西！」

「那還用說嗎？」東彌笑嘻嘻地說。「就是因為預期到會發生這種狀況啊。我猜想，說謊的一之井先生輸了賭局之後，也許會拿各種理由來拒絕提供情報……或者甚至會訴諸武力，所以我才拿這個當保險。我不是說過了嗎？我最討厭說謊的人跟暴力了。」

他停頓一下，跟一開始一樣環顧整間房間，開口說：

「呃～各位觀眾叔叔，你們大概不知道發生了什麼事，就由我來說明吧。勝負結果就如你們所見。雖然狀況有些特別，不過『賭博破壞者』一之井貫太郎毫無疑問地輸了。不過，同樣地你們也可以看到，他不僅不承認自己輸了，甚至還拿槍指著我。」

東彌緩緩放下左手，向前伸出去。這是手榴彈——一般人大概只有在西洋電影看過的M67破片式手榴彈。

「然後，這是手榴彈，安全栓已經在進入這棟建築之前就拔掉了。也就是說，只要我在這裡放開握住的保險桿，就會立刻爆炸。順帶一提，在這個狀態只要插入安全栓就能避免爆炸，不過我把安全栓寄放在送我到這裡的美女搭檔那裡，我沒辦法處理這顆手榴彈。」

在氣氛冰凍的空間當中，少年滔滔不絕地述說。述說過度瘋狂的內容。

「對了，各位認為被槍打中的人會怎麼樣？我當然知道，一定會受重傷或死掉……不過我要問的是，假設我在這裡被一之井先生槍殺，你們認為這顆手榴彈會怎樣？你們認為我還會緊緊握住這顆手榴彈，讓它不致於爆炸嗎？還是會放鬆力氣，導致手榴彈爆炸？關於這一點，我也不知道，只能賭賭看會發生什麼狀況。『賭』——真是好聽的單字。順帶一提，根據替我準備這顆手榴彈的雇主說明：『爆炸的時候，半徑五公尺以內的人會立即死亡，二十五公尺以內的人會受到致命傷。』因此，以這間房間的面積來看，一爆炸所有人都會死掉。」

沒有人回答。

沒有人能夠回答。

「眼前有個拿手榴彈的少年」、「出入口只有少年背後的門，沒有別的」——這樣的事實已足以令人戰慄，但真正讓他們恐懼的是「將拔掉安全栓的手榴彈一直放在口袋裡」的事實。

這到底是什麼樣的瘋狂？

到底是依什麼樣的思考迴路，採取這樣的手段？

手榴彈只要確實握住，的確不會爆炸，但是即使如此，拿出拔掉安全栓的手榴彈根本是恐怖分子的行徑。只有抱著同歸於盡想法的游擊隊，才有可能使用這種手段。

「事實上，我還有一件有趣的東西。」

東彌接著從懷裡取出的是自動手槍，克拉克18。這是搭載全自動功能的短衝鋒槍。

東彌刻意將槍口對準一之井貫太郎和他周圍的人說：

「這東西叫做短衝鋒槍，簡單地說是具有連射功能的手槍……啊，那邊那位大叔，你想要跑到裡面也沒用。回到原位，否則我有可能會開槍喔。剛剛說到哪裡？啊，對了，這把槍可以像機關槍一樣連續發射子彈，只要扣下扳機，就會有十七發九毫米子彈到處發射。我忘了說，我既不是軍人，也不是黑社會的人，只是個外行人而已，沒有接受過射擊訓練。所以，即使瞄準一之井先生，打到後面其他人的機率也不是零，或者應該說很有可能才對。」

少年帶著虛無瘋狂的笑容，然後說：

「好，接下來各位有幾個選項。選項一，『某人發號施令，一起撲向我，奪走武器』。」

這個選項可以說有等於無。

這些男人都預測到，只要自己出現可疑的動作，這名少年就會立刻持槍掃射。如果同時撲向他，的確有可能成功壓制，不過不知道會出現多少犧牲者。

「選項二，『大家適當行動』，各自採取自己覺得最適當的行動。順帶一提，在我的立場最適當的行動，應該是『射殺礙事的人』。」

這個選項也不可能。

他等於是宣告：只要有人動就會開槍。

「接下來是最有可能的選項三，『一之井貫太郎先生乖乖交出情報，讓我回去』。如果一之井先生不同意，『就由各位大叔壓制一之井先生，沒收他的手機、記事本、筆記型電腦，交給我讓我回去』。」

這時一之井貫太郎總算理解。

東彌之所以找各種理由讓賭場客人站在一之井後方，是為了製造出眼前這個局面。他大概也知道一之井擁有「透視」能力。藏在口袋中的手榴彈，也兼具確認該能力是否為隨時發動型的目的。如果被看穿藏有凶器，就拿它來當籌碼，讓對方坐上談判桌就行了。打從一開始，一切都在計畫當中。

「你們要怎麼辦？」東彌詢問。

以虛無的瘋狂控制整個局面的戻橋東彌，依舊以輕佻的口吻說話。

「話說回來，你們也無法確認這顆手榴彈是不是真的。如果是假的，只要把我壓制住就沒有任何問題。不過如果是真的，所有人都會被炸得稀巴爛……要不要賭它是假的？只不過賭的不是賭場的籌碼，而是性命。」

沒有人回答這個問題。

然而，結果已經決定了。

「一之井先生，你真傻。強者會想要到對手的場子一決勝負，這就是強者最大的弱點。當你接受我準備的賭局，你就已經註定輸了。」

✛✛

雙岡珠子得知整個計畫內容，是在回程的車上。東彌把手機、筆記型電腦、記事本、資料夾與戰利品紛紛投入後座，最後伸出拿著手榴彈的手，拜託她：「可以幫我插入安全栓嗎？」

東彌在去程的車上遞給她神祕的栓子。她雖然不知道那是什麼，但總覺得在哪裡看過這個零件。東彌告訴她：「這是很重要的東西，千萬別弄丟，幫我保管好。一切結束之後，再請妳還給我。」但珠子絕對沒想到是用在這裡。

怪不得她覺得在哪看過。她在訓練時也曾使用過手榴彈。

「你……該不會真的腦筋有問題吧？」

雖然只是訓練，但珠子實際見識過手榴彈的破壞力，因此對她來說，東彌的計畫只能說是「瘋了」。

「最壞的情況也能同歸於盡」是狂人的說詞。要是一之井貫太郎完全不理會東彌的要求，硬是用暴力解決，那麼即使戻橋東彌最後死了，只要使用這樣的計謀，就能把對手也帶上死路，留下最低限度的成果。

然而，一般人不會想到這種計畫。

不會想到。

即使想到，也不會選擇這種做法。

這次雖然順利成功，但是稍有差錯，就有可能白白送死。也可能才剛見面就被看穿身上藏有武器，並且被識破用意。在這樣的情況下，東彌卻能激起對手的賭徒本能，讓對手接受賭局，並以言行展開心理誘導，在牌桌上的戰鬥中獲勝，把敵人嵌入預先準備好的計畫，最終得到一切。

從踏進那間賭場的瞬間，東彌就一直在走鋼絲。

就結論而言，純粹是他身為賭徒的力量勝過一之井。

沒錯，東彌在賭局中獲勝。

「冷靜點吧，小珠，把安全栓插進去……小珠接受過調查員訓練，對於暴力有一定程度的防禦手段，所以妳不會理解，就是因為沒有這樣的基礎，我才必須賭上性命。像我這樣的人要迎戰敵人，一定得拚命才能站在對等的立場。話說回來，隨時都在拚命也是很正常的吧？畢竟我們都活著，只有一條生命。」

「我不想聽這種詭辯！怪不得分部長會說你有自殺傾向！還有，分部長也很誇張！即使是馬基維利主義者，也不能把手榴彈和機關槍交給一般民眾吧。那個人腦筋有問題嗎？」

「我知道了，所以妳快把安全栓裝回去吧。我的握力快要達到極限了。」

處理完手榴彈之後，東彌在 SKYLINE 車裡聽了三十分鐘左右關於生命重要性的說教，然後等到人生觀相關教誨告一段落，他對珠子說：

「話題回到佛沃雷，我得到『惡眼之王』威廉·布拉克的聯絡方式了。」

「我已經聽你報告過了。」

「我也寄出郵件了。」

「郵件？」

「嗯，郵件內容是：『我方已經掌握到情報，可是也想要得到你們的情報。希望可以約在某處會面，交換情報。』」

接著他立刻補充，當然也會嘗試其他聯絡方式。

東彌並沒有任何情報，這只是為了誘出威廉・布拉克的謊言，目的是要奪取對方手中的情報。

聽他說完之後，珠子吐出不知道第幾次的嘆息。

「……反正分部長應該也都知道吧？」

「嗯，我跟他借手榴彈之類的武器時，已經說過了。」

「由你來當幌子，如果進行得順利那很好，即使你被殺了，他也可以趁虛而入解決對手……那個人一定是這樣跟你說的，對不對？」

「妳真了解他。」

珠子又嘆一口氣，邊轉動方向盤邊回答：

「多虧你們，讓我了解到馬基維利的權謀術數和自殺衝動搭配在一起，就會擬出一般人無法想像的計畫。謝謝你。」

「小珠，妳在生氣嗎？」

「當然！」

「對了，小珠，我有個問題。」

「……什麼問題？」

東彌察覺到這樣下去又會變成道德課時間，便將用髮蠟往後固定的髮型撥回原本陰沉的髮型，想了一陣子之後開口。

內容是他先前就在想的問題，但是一旦要開口，內心便產生迷惘與疑惑，也因此他稍微停頓一會兒，在這短暫的時間內盡可能思考之後，問珠子：

「小珠，妳相信正義嗎？」

「相信——雖然你可能會笑我。」珠子毫不猶豫地回答。

「我不會笑妳。」東彌露出微笑，繼續說：「那麼，妳相信的正義要怎麼定義？」

「你為什麼突然問這種問題？」

「妳先別管，告訴我吧。」

他難得用認真的語調催促。珠子雖感到困惑，不過還是回答：

「這個嘛……應該是盡可能讓更多人得到幸福吧。如果要附加條件，就是不能讓特定的個人或團體過度不幸。」

「妳的意思是，讓最大多數人得到最大幸福的社會吧？不容許市民為了部分領導階層犧牲，也不容許為了大多數人而鎮壓特定的個人或團體。雖然說貧富差異並非全都是罪惡，但仍舊相信平等是很重要的。」

「也就是說，我的正義是很普通的東西。我只是依理所當然的想法來回答。雖然平常很少說出來，不過日本人對正義的看法，應該就像我這樣吧。」

東彌只是低聲說「這大概就是小珠的優點吧」，接著又問：

「那麼，小珠願意為了正義而殉死嗎？」

「從事這種工作的人，應該都願意吧。我們是被隱匿的諜報機構的人，不過警察和自衛隊的人應該也都有相同的決心。我也一樣。」

「小珠，這是妳說的喔。」

「你從剛剛開始，到底在問什麼問題？」

「別在意，我只是想要確認小珠是什麼樣的人。那麼，如果我說要自己一個人去見『惡眼之王』威廉．布拉克，正義使者小珠會怎麼做？」

「啊？」

「妳要不要參與我的賭局？如果輸了，大概會死掉。」

被問到「會怎麼做」，珠子也無從選擇。

誠如對於先前提問的結論，珠子內心已經決定答案。

「我也會一起去。也許你忘了，你不是佐井分部長的部下，而是我的協助者。至少名義上是如此。我也有監視責任，更不可能丟著像你這種想死的人不管。」

「小珠，妳果然很傲嬌。」

東彌開懷地笑了。他的笑臉很有魅力，讓珠子感受到奇異的羞澀。她注意到這個少年的右眼顏色很淺這種無關緊要的瑣事。

有些事要接近才會發覺，這是理所當然的。

「我只是比你更有常識、更成熟。就像看到笨小孩做危險的事，不管是誰都會去阻止一樣。」

接下來的時間，就在無關緊要的談話中度過。

直視前方的珠子不知道坐在旁邊的少年在看哪裡。那雙閃爍著妖豔光芒的眼睛，究竟在注視什麼？他做了什麼樣的預測、擬定什麼樣的戰術、看到超前幾步的棋局，珠子完全無從得知。

唉，真的……不知道。

「小珠，妳真的是好人。今後會很辛苦吧？」

「我現在是因為你才這麼辛苦。你難道沒有自覺嗎？」

然而也因此，她想要待在東彌旁邊。

畢竟，如果看得太遠，就會忽略掉自己的腳邊。

++

一之井貫太郎沒有換衣服就衝出大樓，跳上計程車，抵達飯店之後對櫃檯人員說：

「請告知七〇二號房的黑崎，一之井來了。」

這裡是位於大阪梅田站附近的高級飯店。表面上只是一般的住宿設施，實際上負責營運的卻是黑手黨，而且設有專供這些人使用的地下賭場。一之井也曾經去玩過幾次。

他坐在入口的椅子上垂下頭。

「……可惡……」

為什麼會變成這樣？

即使自問自答也找不到答案，不過，他內心某個角落同時有「賭博就是這樣」的冷靜想法。荒謬又不合理，這就是賭博的本質。一之井在賭場太過大意，因此這樣的結局可以說是理所當然。

問題是在這之後發生的事。

他的通訊器材全被沒收，機密文件也一樣。關於佛沃雷的資料並沒有儲存在其中，但是和自己有關的賭場相關資料卻有很多。他不知道那名少年是什麼人物，但是萬一那些資料流到警方手中，一之井調度、經營的賭場可以說全數都會被揭發。

事實上，他並不在乎這種事。反正他原本就是靠賭博維生的人，只要恢復為一名賭徒就行了。

只是……

如果被知道違法賭博的決定性資料是從一之井手上洩漏出去的，先前做過生意的犯罪組織都會視他為敵人。因為一個人的疏失而失去大量收入來源，一定沒有人會原諒。

一之井不會像那名少年那樣，光是切斷小指頭就能解決。被沉入海底、埋在山上已經算是幸運，更有可能的是活生生被切斷四肢並且被拍下影片，內臟全部被賣掉，剩餘部分則被食人魔吃掉。

等待一之井的，就是這種連死亡都顯得寬容的地獄。

在這樣的情況下，他唯一能依靠的，就是佛沃雷這個後盾。如果能夠獲得對方協助，躲藏到佛沃雷根據地所在的歐洲，日本的黑道應該就沒辦法對他下手。

僅存的希望透過電話的形式到來。

「您是一之井先生嗎？黑崎先生打電話來。」

「哦，謝謝。」

一之井從旅館服務生手中接過聽筒，貼在耳朵上。

『一之井先生嗎？』

他聽到英文，不禁鬆了一口氣。

梅田歐奧爾雙塔飯店的七〇二號房，隨時都住著一個叫「黑崎」的人物。正確地說，是「名義上住宿在這裡」。佛沃雷的人造訪七〇二號房，就可以透過經營這間飯店的黑手黨，立即與威廉．布拉克取得聯絡。

這是祕密中的祕密，熱線中的熱線。

這項情報除了相關人士以外，沒有人知道，也不會留下文件。一之井可以在戻橋東彌從通訊機器中找出聯絡方式之前，更確實且迅速地與組織首領取得聯絡。

『發生什麼事了？』

對話的不是布拉克，而是專屬女祕書。

她的聲音照例很平淡，不過或許因為對方是一之井，問話改為流暢的日文。她的主要任務是輔佐布拉克及調整組織的預定計畫，不過有時也會擔任口譯。

「請幫我轉布拉克老大。」

一之井這麼說，但她只是冷淡地回答：『請將您要傳達的事告訴我。』

一之井啐了一聲，簡單扼要地告知狀況。

有一名少年來找他，他在賭博中輸了，被奪走所有機密情報，更重要的是，今後可能連性命都不保……

女祕書默默傾聽，了解之後以沒有抑揚頓挫的聲音說「請稍等」，然後暫時結束通話。

聽筒中播放的保留音樂是李斯特編曲的《魔王》。第一次聽到的時候，他覺得非常適合這群不為人知地奪走他人性命的邪眼惡魔，然而，此刻這段流暢又華美的音樂，只會增加他的焦躁。

過了一分鐘左右，女祕書總算回到電話中。

『一之井先生，我來傳達布拉克老大的傳言。』

接著，她依舊以冰冷的聲音說：

『他說：「我不知道這是什麼意思。」』

「……啊？」

『他還說「大概是哪裡搞錯了」。也就是說，如果明白佛沃雷是什麼樣的組織，就不可能提出那樣的請求。』

一之井猜測到結論，全身起雞皮疙瘩。

佛沃雷是祕密結社，也是犯罪承包公司。他們是從獵殺魔女的時代延續至今的魔眼使用者集團，接受其他組織委託，調派人員達成目的。

不受任何束縛承包罪惡，堪稱黑暗世界的深淵。

這就是佛沃雷。

黑手黨、毒梟、黑社會或暴力集團……這世上存在各式各樣的犯罪組織、祕密結社，但佛沃雷與它們有決定性的差異。

那就是自由。

佛沃雷並沒有「必須做什麼」、「不能做什麼」的制約，任何人都能做任何事。即使是夥伴之間發生爭執，也沒有人會責難。這裡沒有「不准自相殘殺」的規定。雖然會由組織接受委託再分配給成員，卻連「必須遵從指示」的規則也沒有。

每個人自行判斷，採取行動。

當然，也沒有「必須保護組織與夥伴」的規範。如果有人想幫忙就去幫忙，僅此而已。

這個魔眼使用者的組織或許不能稱作「組織」，只是一群人集合在一起。

「等、等一下！那麼我該怎麼辦……」

『我無法判斷。不過在佛沃雷當中，應該也有人會願意伸出援手。』

「等一等，難道要我一個個去聯絡嗎？」

他沒有時間做那麼悠哉的事。在救兵來臨之前，一之井貫太郎這個人甚至有可能已經不在人世。目前的狀況刻不容緩。

話說回來，他也不能委託其他組織的人擔任護衛。他的所有資產——包括現金和帳本——都被奪走了。

「拜託，請妳聯絡老大，讓我跟布拉克老大直接談！」

『辦不到。布拉克老大正在工作。』

女祕書仍舊以冷淡的態度回答。

『一之井先生，我記得賭場營運和斡旋並不是佛沃雷的工作，而是您個人的事業。那麼在那裡發生的疏失，應該由您自己負責。套用日本人的說法，就是──做個了斷。』

「拜託！讓我跟老大親自談！」

『對了，還有一句話忘了轉告您。他說：「等到彼此安全重逢，再來乾杯吧。」』

電話「噗吱」一聲斷線了。

這也是一之井最後的保命繩斷掉的聲音。

過去與現在

天空的藍是海洋的藍。
海洋的藍是天空的藍。
無限擴展的藍色世界。
所有人都孤獨的冰冷世界。

這裡是某處的屋頂。

好好的空間似乎完全沒有善加利用，只有通往樓下的小屋，除此之外是萬里無雲的藍天。從環繞周圍的低矮欄杆來看，這裡或許原本就沒有要讓人上來。

環顧四周，看到一名少年。

穿著學生制服的少年坐在鐵欄杆上，雙腳垂在外側。

原來如此，這裡是學校的屋頂。

這裡想必是禁止進入的場所，怪不得什麼都沒有。

少年呆呆望著天空，接著站起來。

他在原地站起來。

少年站在欄杆上，搖搖晃晃地走在細細的立足之處。

「危險！」

她忍不住高喊，但少年並不打算下來。

雖然不穩定、隨時有可能摔下來，但少年毫不猶豫地繼續走。

死亡不足為懼——小小的背影如此述說著。

她可以了解為什麼少年面帶笑容。

他一定是自願在那裡。

下一瞬間，一陣強風吹過。

少年失去平衡，緩緩墜落。

墜落。墜落。墜落。

伸出手也無法抓住。

直到最後，他仍然在笑。

然後——珠子醒了。

「……他果然沒有自覺。」

十十

早晨，雙岡珠子在自己的房間。

她看到放在桌上的一張紙，又嘆了一口氣。

紙上寫著：『我要出去一下，三天後的早上會回來。最喜歡小珠的男人留。』這簡直像是在對珠子挑釁。她在兩天前才警告過他，不要擅自行動。

「唉……而且果然沒有帶ＣＩＲＯ－Ｓ的手機……」

她又嘆了一口氣，開始準備上班。

話說回來，她今天得到待命指令，不需要前往職場。她打算為了日後有需要的時候，趁現在進行射擊訓練，因此才準備出門。此外，她也猜測分部長或許會知道東彌的所在。

東彌留言中提到「三天後」。

這是和威廉．布拉克見面的日子。

……他這回打算做什麼……

三天後的晚上，珠子等人要面對「惡眼之王」威廉．布拉克。

雙方展開廝殺的可能性很高。由於他們傳遞的情報是虛構的，因此沒有這樣發展反倒奇怪。這也是珠子的決心受到考驗的時候。

佛沃雷基於其特質（成員幾乎都具有魔眼），為了避免彼此相殺，成員較常獨來獨往。

不過威廉·布拉克未必會獨自前來。就算他只有一個人，面對「只要四目相交就會死」的傳說怪物般的對手，該如何應戰？

「他應該有想法吧？」

他——戻橋東彌，究竟有沒有在思考？

如履薄冰、如臨深淵，他會令人難以置信地輕易賭上性命，卻又具備確實致勝的對策。

戻橋東彌雖然瘋狂，不過有一件事是確實的。

那就是他不會挑戰沒有勝算的賭局，也不會毫無對策就去一決勝負。不論勝利的機率多麼低、多麼危險，他仍舊會抱持著獲勝的打算賭上性命。

那麼，珠子也必須抱持同等的決心來回應才行。

……對此東彌大概又會說，這是因為珠子是「好人」吧。

＋＋

結果一切都是白費力氣。

珠子在建築物地下室進行射擊訓練後，造訪分部長辦公室，但佐井說他不知道東彌在哪裡，也不知道他有什麼對策。除此之外，連珠子要求「只有兩個人感覺太不可靠，希望能夠調派預備人員」，也被拒絕了。

佐井以猛禽般的雙眼看著部下說：

「ＣＩＲＯ本身就常常被批評人手不足，而這個特務部門更嚴重。妳自己也只見過幾個同事吧？這是因為平常就沒有多餘的人員，幾乎都要和官邸警衛或公安合作，執行恐怖分子對策。因為工作重點放在目前面對的危機，而不是『Ｃ檔案』這種真相不明的東西。」

「可是……」

「我沒辦法增派人員。就是因為人手極度不足，才會用那種外行人。妳應該也知道我的做法吧？如果想要退出這個任務也沒關係，不過我這邊必須管理時間表和人員，妳要退出的話就在今天之內決定。」

他的說法雖然冷淡，但珠子感覺到其中存在著些許關懷。

佐井征一是個為達目的不擇手段的馬基維利主義者。他其實可以對珠子說「如果放棄職務就殺了妳」。雙岡珠子原本在文件上就不是CIRO的人，即使被殺害也只會當成一般的殺人事件處理，當然有辦法隱蔽。

然而佐井並沒有這麼說。他給了珠子「退出任務」、「離開CIRO－S」的選項。雖然他這麼說的理由或許是基於現實的戰略，認為「沒有意願的膽小鬼只會礙事」，不過即使如此，如果真的是膽小鬼，就應該強制排除，在對組織造成不良影響之前先處理掉。

佐井沒有這麼做，讓珠子窺見他的溫情。

「我處理完自己手邊的案件之後，就會立刻趕到妳那裡。幸運的是，我對上惡眼之王的贏面並不差。雖然不知道他是否打算要戰鬥，不過如果妳覺得沒有勝算，就立刻躲起來。只要知道地點，我會直接殺死他。放心吧。」

佐井嚴肅的臉孔變得稍微和藹。

「妳幾乎沒什麼實戰經驗，這是妳第一次沒有支援、自己擔任承辦人的任務吧？我知道很勉強，所以如果妳感覺到有生命危險，就不要猶豫地逃跑吧。在建築裡四處逃竄，只要能夠爭取時間，就具有足夠的意義。」

「我知道了，分部長。」

珠子反射性地敬禮。

上司佐井的話和兩天前東彌詢問的問題縈繞在腦中。「為自己的『正義』殉死」以及「不捨棄性命而逃竄」，乍看之下是相反的行動，不過有時這兩者也會相等。這次剛好就是這樣的情況。

但雙岡珠子絲毫不打算逃跑。

雖然說有可能視情況採取戰略性的撤退，可是她不打算在戰鬥一開始時就設想到逃跑。她要賭上性命，避免在戰鬥中送死，或是讓夥伴送死。就這樣而已。

「賭上性命」和「死掉也沒關係」——多虧那名少年，她發覺到這兩者是不同的。

＋＋

戻橋東彌在當天下午打電話來。

不是打到工作用的電話，而是打到珠子的私人手機。珠子看到舊機種的手機顯示「私人號碼」，心想會不會是老家打來的，接起電話就聽到那個開朗的聲音。

『早安，小珠。妳過得怎樣？』

「……現在已經是中午了。更重要的是，你怎麼會有我的手機號碼？」

『我因為有一些情況，所以用公共電話打給妳。我有事情要拜託妳，可以聽我說嗎？』

「那麼請你也聽聽我的請求。『快點回來，你這個笨蛋！』」

東彌理所當然地假裝沒聽到，單方面地提出要求。

『妳記得五辻真由美嗎？上次我們不是一起去看她嗎？』

「哦，是那位。」

『聽說真由美今天早上醒了。我很想再去探望她，可是目前有一些情況……』

「你的人生隨時都有一些情況，真令人羨慕。」

少年沒有理會她的譏諷，繼續說：

『妳如果今天或明天有空，希望可以代替我去探望她。』

「為什麼要我去？」

『妳可以只替我轉達問候，接下來就隨便閒聊。真由美因為一直待在醫院，所以很喜歡聽別人的人生故事。在不違反保密義務的範圍內，妳可以告訴她為什麼自己想要當正義使者。』

「我在問你，為什麼要我去？」

『因為妳是小珠啊。還有，因為真由美看到筆記本上的名字，希望能見妳。啊，我快用完十圓了。那就拜託妳囉。』

「喂，等一下！」

通話隨著「噗吱」一聲中斷了，很明顯地不是因為剩餘金額不足，而是對方主動掛斷電話，不過珠子已經沒有生氣的力氣。

問題是該怎麼辦？珠子思索片刻。

她雖然看過對方，但是沒有聊過，因此很難萌生探病的意願，也沒有去探病的義務。即使去了，她也不知道該聊什麼。她很有可能不小心說出老實的感想：「妳從小認識的朋友腦筋有問題。」

珠子完全沒有去探病的必要。

然而——

「唉……」

即使如此，她還是開始思考該幾點前往，是因為自己太善良了嗎？或者因為她自己小時候也幾乎一直在住院，無法外出，因此對十年間都住在病房的五辻真由美感到同情呢？

珠子自己也不知道答案是哪一個。

＋＋

距離上次造訪只隔幾天，因此醫院本身並沒有變化。

唯一也是最大的差異，就是先前造訪時睡著的少女醒來了，她坐在窗邊的椅子上看書。珠子敲了敲敞開的門，她便看向珠子，默默地微笑。

漂盪於此岸與彼岸間的睡美人的笑容，比想像的更有魅力。珠子想著「怪不得是初戀對象」，鞠躬對她說：

「初次見面，請多多指教。我是——」

「妳是雙岡珠子小姐吧？很高興見到妳，我是五辻真由美。」

少女闔上書本，打了招呼，然後請珠子進入房間內。

「請進。雖然什麼都沒有，不過請坐。」

「可是，妳怎麼知道我的名字……」

「我聽東彌說過了。他說：『如果有我喜歡類型的漂亮姊姊過來，那個人就是小珠。』所以，妳就是小珠吧？」

珠子點頭，依照指示坐在訪客用的椅子上。

在她的斜前方，五辻真由美坐在床上，笑著說：「東彌好像造成妳的困擾了。」

「不，怎麼會說造成困擾……我們是站在請他協助的立場……」

「東彌協助妳或許是事實，不過，怎麼說呢……他不是腦筋有問題嗎？」

「是的！啊，不是……」

珠子反射性地同意後立刻心想「糟糕」，十分狼狽。「雖然說是事實，可是我怎麼說出這麼失禮的話」——珠子責備自己的不成熟，真由美卻只是笑吟吟地對她說：「沒關係，東彌本來就是個怪人。」

「很抱歉……」

「我才應該說抱歉。在我變成這樣之前，常常和東彌在一起。有時候他真的會做出只能稱為瘋狂的行動，讓我總是感到不知所措。」

戻橋東彌這名少年隱藏著虛無的瘋狂。

知道他過去的少女——五辻真由美繼續說：

「東彌跟我說，妳會將妳的人生告訴我，不過這應該是他單方面做的約定吧？」

「妳說得沒錯……」

「我就知道。那麼，要不要賭賭看？」

「……賭？」

這時睡美人的表情首度出現變化。

她改變溫和的笑容，嘴角泛起妖豔的微笑。這恐怕是她真正的面貌，和東彌充滿狂氣的笑容也有些相似。

或者「戻橋東彌」會變成現在這樣，是受到這名少女影響嗎？

「我跟妳玩一個小遊戲吧。如果我贏了，請妳談自己的人生，像是初戀的話題、國中社團的回憶、為什麼選擇這個職業、現在的煩惱是什麼……像這類無關緊要的話題都可以。」

「其實不需要賭，這點小事我並不在乎說出來……不過，如果我贏了呢？」

「我會告訴妳『戻橋東彌』這個人的事情。不只是單純的回憶，而是與『戻橋東彌』

的根本相關的事件……東彌想要的是什麼、以什麼樣的優先順序思考事情、討厭什麼、為什麼變成那樣的人……身為他的兒時玩伴，我會說出所有我知道的事。這樣的話，妳應該多少會更容易和東彌相處吧，甚至還有可能完全控制他。妳覺得呢？」

五辻真由美拿出撲克牌，露出笑容。

笑。嘲笑。微笑。

「妳要不要接受這個挑戰？」

「……我知道了。我接受。」

「一言為定喔？」

不用聽她說，珠子也知道了。

即使不是全部，但戻橋東彌的瘋狂有一部分是從這名少女繼承而來的。

決定勝負的方式很簡單。

首先在桌上排列八張牌，接著真由美蒙住眼睛，由珠子從八張牌當中選擇一張，記住數字與花色。然後真由美會提出三個問題，不過珠子不用老實回答這些問題。最後由珠子蒙住眼睛，真由美會在這段時間讓珠子選擇的牌消失。

「也就是說，我從八張牌當中選擇一張，五辻小姐則猜我選的是哪一張……這樣嗎？」

「不管妳選擇哪一張牌，我都會讓妳選擇的牌從桌上消失。」

一定──真由美如此強調之後，用毛巾蒙住眼睛。珠子已經先確認布料並不透光，也沒有動過任何手腳，真由美應該看不見珠子選擇的牌。

沒錯，只要她沒有超能力。

「……那麼，請妳選一張牌。」

「我知道了。」

八張牌。

上面四張是黑桃K、梅花7、紅心4、梅花8，下面四張則是鑽石10、紅心Q、黑桃6、鑽石2。珠子只猶豫片刻，就選擇左上角的黑桃K。

「我選好了。」

「那我要拿下遮眼布囉。」

真由美的第一個問題是：

「雙岡小姐，妳是處女嗎？」

「什、什什什麼？怎麼突然問這種問題？」

「這是我的第一個問題，請回答。妳不需要老實回答。」

對於這個顯然和選擇撲克牌無關的問題，珠子小聲回答：「……沒錯。」

「是嗎？東彌會很高興。」

「我的戀愛經驗很少，為什麼他會感到高興？」

「因為他喜歡妳。」

「這一點我已經聽本人提過好幾次……」

「那麼第二個問題，妳喜歡東彌嗎？」

珠子此刻只覺得眼前的少女是假借賭局，問自己想要問的問題。不過她告訴自己，是她決定接受對方問「三個問題」，於是又小聲回應：「……不討厭。」

……早知道會這樣，剛剛應該加上「問題僅限於撲克牌」的條件。

珠子到現在才感到懊悔，真由美又問：

「那麼，這是最後的問題……假設妳被周圍的一切背叛，落入絕望的深淵，看不見周圍任何光線，在那樣的情況下，妳會怎麼辦？」

「……咦？」

「抱歉，好像說得太迂迴一點。簡單地說，就是：『妳的人生方針是什麼？』」

珠子想起之前和戻橋東彌也談過類似的話題。

那麼，這是東彌的指使嗎？或者是奇妙的巧合？

不論如何，雙岡珠子的答案都是確定的。

「雖然說沒有真正陷入那樣的局面很難說，不過在我必須做出某種判斷的情況──尤其那是非常重要的選擇時，我會把手放在胸口，拚命思考。」

「思考什麼？」

「思考什麼才是正確的。即使什麼都不知道，我還是相信應該會有可以知道的東西，找出來之後做為起點，努力尋找不會後悔的答案。」

這正是覺悟。

這正是決心。

這是雙岡珠子的「正義」。

「……妳是個好人。」

「戻橋也這麼說。」

「就因為是好人，所以才會很辛苦。」

「這一點他也說過。」

「應該說，是東彌讓你很辛苦吧？」

「妳說得沒錯……」

「謝謝妳。這段問答很有趣。那麼請妳蒙上眼睛，我現在就會讓妳選擇的撲克牌消失。」

這一連串的對話到底有什麼意義？珠子在黑暗中閉上眼睛，朦朧地思索著這個問題，但是沒有得到答案。

「……好，妳可以拿下遮眼布了。」

珠子不知道自己想了幾秒。

她照著對方的指示拿下毛巾後，不禁感到驚愕。

桌上的撲克牌是：梅花K、黑桃7、鑽石4、黑桃8、紅心10、鑽石Q、梅花6、紅心2。

珠子選擇的黑桃K消失了。

「！」

「怎麼樣？妳選擇的撲克牌消失了嗎？」

珠子再次一張張檢視，確認自己記住的黑桃K確實消失了，便默默點頭。

不論檢視幾次，都不在這裡。

黑桃K消失了。

「那麼，這個賭局是我贏了。接下來……就要請妳談談初戀的回憶。」

「可以先告訴我，妳是怎麼猜中的嗎？妳怎麼知道我選的是黑桃K？」

「哦，這個啊。」真由美收起撲克牌，以隨意的口吻說：「我並沒有猜中。」

「沒有……猜中？」

「呵呵，像妳這樣，今後一定也會一再被東彌耍得團團轉。幸好東彌只是瘋狂，並不是壞人……」

五辻停頓一下，開始解釋這場賭局的技法。

「首先是大前提，我並沒有說過『我可以猜中妳選擇的撲克牌』。我說的是『可以讓妳選擇的牌從桌上消失』。雙岡小姐，妳選擇了黑桃K，那麼妳記得其他七張是什麼牌嗎？」

「咦？不記得了……我只知道自己選的牌變了……」

這一瞬間，珠子腦中靈光一閃。這幾分鐘發生的事，像走馬燈般在她腦中奔流，導向一個結論。

她理解了一切。原來如此，怪不得不是「猜中」，而是「讓它消失」。

「妳猜得沒錯。桌上一開始放的牌是黑桃K、梅花7、紅心4、梅花8、鑽石10、紅心Q、黑桃6、鑽石2，總共是這八張。可是在妳拿下遮眼布之後，擺在桌上的是梅花K、黑桃7、鑽石4、黑桃8、紅心10、鑽石Q、梅花6、紅心2。也就是說，沒有一張是一開始的牌。」

這只是單純的奇術、魔術而已。

當對方說「請從這些牌當中選一張」的時候，大多數人會注意不要忘記這張牌，卻不記得其他是什麼。因為太專注於自己選擇的牌，因此無法記住其他張牌。

在這樣的情況下，如果換掉所有的牌，當然只會留下「選擇的牌消失了」的結果。

「也就是說，這場賭局……一開始就註定我沒辦法贏嗎？」

「的確是這樣。除非妳對規則有意見，不接受這場賭局，才是唯一的取勝方式。」

「那三個問題是為了攪亂我的記憶嗎？」

「當然也有這個目的，不過其實只是我單純好奇。很遺憾，這場賭局妳輸了。我無法告訴妳東彌的詳細經歷，不過妳最好記住，這種手法是東彌的得意招數。『不挑戰沒有勝算的賭局』是東彌的原則，而他所說的『勝算』幾乎等同於『事先準備陷阱』。乍看之下對方好像處於對等、甚至比他有利的立場，但這只是主觀想像而已。東彌在提出賭局的時候，就已經安排好對自己有利的狀況。」

沒錯，譬如——

那場撲克正是如此吧？

或者是在大樓打麻將時，他或許也設下了某種圈套？

「不挑戰沒有勝算的賭局」——這裡的勝算，指的就是事先準備的陷阱。

「該怎麼說呢……滿卑鄙的。」

「沒錯。不過東彌喜歡的不是決鬥，而是賭博。在賭局當中，不論是作弊或心理戰都能夠被容許……就這個角度來說，在挑戰不正當的賭局時，或許就已經輸了。」

話說回來，即使是對等的賭局，他也可能會獲勝——五辻真由美像是想起來般如此補充，接著恢復原本可愛的表情。

「那麼雙岡小姐，請妳開始談吧。首先是初戀。」

「……我知道了。」

珠子雖然有些無法釋懷，不過輸了就是輸了。

她開始談自己的半生。

++

關於初戀，我記得很清楚。

對象是醫生。他是我當時的主治醫生，是個年輕帥氣的醫生。

我當時應該是小學中年級左右。說是「戀愛」或許不太正確，不過我記得當時曾經想過，如果將來要結婚，希望可以和像他那樣溫柔迷人的對象結婚。

國中的社團……

……很抱歉，我應該一開始就說清楚。

事實上，我並沒有那種可以跟別人談的回憶。

我說過初戀對象是當時的主治醫生，而我的病名是心臟病。

我記得應該是擴張性心肌症。這是心臟肌肉變弱導致心律不整或倦怠，甚至有可能突然致死的難治症狀。雖然說「有可能突然致死」，不過視條件也可以過正常生活。遺憾的是，我的情況是原本身體就虛弱，因此從小學到國中，一直反覆住院與出院。

不，嚴格地說，我當時的症狀越來越嚴重，住院時間變得比出院時間更長。心肌症並沒有有效的治療藥物，任何藥物療法都只是「延緩病情發展」，運氣不好的話，病況當然會惡化。

也因此，很抱歉，我並沒有可以稱得上「青春時代回憶」的回憶。

高中也差不多是同樣的情況，不過在高中三年級，當我十八歲的時候，出現了轉機。

我被宣告死期：「再這樣下去，有可能無法撐過一年。」

病況再那之後急遽惡化。或許是因為精神上的打擊，我的身體狀況迅速變差，不只是一年，甚至有可能只能再活半年。「早知道會變成這樣，應該在還有活力的時候做自己想做的事。」每天我都感到後悔而哭泣。

……不過幸運的是，後來我找到了捐贈者。

血型吻合，也幾乎沒有排斥反應，真的很幸運。畢竟當時我的病情已經惡化到相當嚴重的程度，死亡只是時間的問題。

手術立刻進行，而且順利成功。

對於照顧我的醫生、醫院相關人員、家人、朋友、尤其是捐贈者，我再怎麼感謝也感謝不盡。我沒有感染症狀或後遺症，身體逐漸恢復，不到一年就能過普通的生活。

就這樣，我恢復健康，卻發生了奇特的事情。

住院的時候，尤其是徘徊在生死之間時，我一直想著「早知道就應該做更多想做的事情」、「早知道就應該吃一大堆好吃的東西」、「真想要和某個人交往，談真正的戀愛」。

不過當我出院之後，我發覺到自己更強烈的心願是「想要替他人盡力」。

我和家人去旅行、觀光，享用美食，不過在那些快樂的時刻當中，我會突然強烈地想要「幫助其他人」。很莫名其妙吧？我自己也感到非常困惑。

我告訴母親這件事，她笑著對我說：「給妳心臟的人，一定是個很溫柔的人。」她也說，每當這顆心臟跳動，就會把那個人的溫柔傳遞給我。

妳知道「記憶轉移」這個說法嗎？這是接受器官移植的患者，偶爾會瞥見提供者記憶的現象。雖然沒有科學證明，不過我相信真有其事。

就如母親所說，這顆心臟原本的主人一定是個很溫柔的人。

那個人能夠打從心底思索、希望、祈禱他人的幸福。

也因此，那個人的溫柔碎片才會留在我心中。

這應該算是超自然現象吧？妳可以笑我。

……不過我還是想要相信。

我希望這個想法是出自感謝，而不是出自罪惡感。

我希望相信，每次心臟跳動時，為了素不相識的他人圈選器官捐贈卡的某人的溫柔，就會在我體內循環。

分部長——現在的上司，是在我出院後、上定時制高中時發掘我的。

我只有茫然的心願，希望能夠「替大家盡力」、「幫助其他人」，卻不知道具體來說應該做什麼。找出這樣的我、邀我一起工作的，就是我現在的上司。

我不知道自己為什麼會被選上。當我提出這個問題，上司笑著說「我對妳很期待」、「我想要賭賭看妳的未來」。對於不久前還無法得知一年後未來的我而言，這是最棒的說法。

詳情我無法告訴妳，不過我的工作需要先前提到的適性以及相當專業的能力。因為是透過推薦，所以沒有考試之類的，不過在進入組織之後，訓練相當嚴苛。

新人共同生活研習營在海外進行。雖然說是共同，不過當時的新人只有我和另一個人。在半年的時間當中，從理論到實務，我徹底學習了最低限度所需的技能。

指導很嚴格，但是我很愉快。

那是我在人生當中，第一次那麼認真地學習某樣東西，或是活動身體。

研習直到上個月才結束。

我很幸運地開始工作。

……這就是我的半生。很抱歉，沒什麼有趣的吧？

我受到無數人幫忙、救助，才能擁有現在，活到今日。今後，我想要做的就是報恩。

只要這顆心臟仍在跳動——

＋＋

真由美默默傾聽珠子的話，然後點頭說「原來如此」。她也說，這是和東彌相反的人生。

珠子想要問是哪裡相反，剛張開嘴巴，睡美人卻先說：

「雙岡小姐，謝謝妳告訴我這麼寶貴的話題。」

「別客氣。這樣的內容也沒關係嗎？」

「我聽得很感興趣。東彌說妳是『想要當正義使者的人』，原來是這個意思。我很高興能夠得知妳的『正義』源頭。」

接著真由美的話鋒一轉：

「但是，如果妳是『正義』，那麼雖然和東彌相反，卻在他的旁邊。」

珠子不懂這句話的意思，請她繼續說下去。

五辻真由美壓低聲音，先以「這件事請不要說出去」為開場白，然後說：

「東彌在國中的時候，綽號是『Hangman（吊死鬼）』。」

「……Hangman？」

「起因只有部分學生才知道，而且這些學生也被校方下達封口令，所以不是很有名，不過知道內情的人都這樣稱呼他。對了，雙岡小姐，妳知道『Hangman』這個遊戲嗎？」

「就是猜單字的遊戲吧？」

「沒錯，就是那個遊戲。」

「Hangman」是英語圈的猜單字遊戲。

出題者會設定某個英文單字為答案，解答者則一一猜測出現在單字中的字母。如果猜測的字母沒有出現在單字中，解答者就會畫一條線。畫出來的線如果完成圖案，解答者就輸了，而這張完成的圖案便是Hangman，也就是被吊起脖子的人。

珠子雖然沒有玩過，不過也聽過這個有些冒瀆意味的遊戲內容。

「為什麼叫 Hangman？」

「關於這一點，我原本不打算要說的，不過為了感謝妳寶貴的回憶，我就擇要回答吧。東彌的綽號之所以是『Hangman』的理由——」

真由美停頓一會兒後開始述說：

「東彌國中的時候，有一個朋友遭到霸凌。那個朋友和東彌不同班，聽說是在另一個班級受到全班霸凌……東彌得知這件事，有一天放學之後，就把主要帶頭的少年叫到教室外。」

「哦。」珠子理解到，這和在大樓發生的事件相同。

那個「朋友」對東彌來說，大概也不是非常特別的人物，只是因為「和霸凌加害者集團的首領對決」感覺很有趣，戻橋東彌才會採取行動。

「對方到場的有三人。東彌問他們：『要不要跟我賭賭看？』也就是說，如果自己在遊戲中獲勝，就要他們停止霸凌。他也說：『如果我輸了，就會接受相對應的懲罰。』」

這點也和在地下錢莊時的事態發展相同。

「東彌提議的遊戲是『Hangman』。他們從教室裡的英日辭典當中各自挑了一個單字，互相解答。先被猜中單字，或是先完成吊頸圖案的人就輸了。規則據說是這樣。」

「他因為贏了，所以被稱作『Hangman』嗎？」

「如果是這樣，就不是東彌了。他很乾脆地就輸了。」

「……說得也是。」

珠子也這麼認為。

東彌一定不只是玩遊戲。珠子猜測他在那場遊戲中，應該做了怎麼想都只能稱為「瘋狂」的舉動，所以才會被稱為 Hangman。

她猜對了。

「東彌輸了之後，從運動包中拿出柴刀，把自己的左手小指頭切斷。大家都說不出話來，接著發出尖叫。在那樣的狀況中，只有東彌一個人保持冷靜。他止血之後，把小指頭放進裝了保冷劑的塑膠袋，雖然因為疼痛而流下眼淚，不過臉上還是確實掛著笑容，對他們說——」

『真傷腦筋。第一回合是我輸了。』

『那就來比第二回合吧。這次我要是輸了，會切斷無名指。』

「那些少年立刻跑光，之後霸凌就停止了。學校方面得知這件事，拚命想要封鎖消息，不過知道內情的人從此就稱呼東彌為『Hangman』。」

「這真是……」

「這件事很有東彌的風格吧？」

珠子雖然無法立刻相信，不過如果是那個少年，也許真的會做出這種事——這是她打從心底的想法。

仔細回想起來，戻橋東彌左手小指頭上貼了ＯＫ繃。那張ＯＫ繃大概不是為了受傷而貼的，是為了隱藏縫合的痕跡。

真由美說：「後來東彌說過：『那些傢伙既笨又膽小。』『他們笨到不知道自己在做什麼，又膽小到不敢對自己的行為負責，所以只要像那樣稍微嚇唬一下，就會立刻改變態度。』他當然是笑著這麼說的。」

「即使在遊戲中獲勝，對方也不會停止霸凌，所以他才刻意輸掉，切斷自己的小指頭，讓對方知道『你們欺負的對象往來的朋友當中，有這麼瘋狂的傢伙』，以及『任何人都會做出這種程度的反擊，給我記住』——對不對？」

「雙岡小姐，妳終於也開始了解東彌這個人了。妳說得沒錯，遊戲內容雖然是

Hangman，不過事實上東彌進行的是心理戰。他透過傷害自己的身體，實現自己的要求。」

這一點和流氓討債的做法有些相似。

真正的黑道成員不會一開始就對欠債者施加暴力。他們表面上裝得很溫和，可是在交涉場面會突然為了自己部下些微的失態怒聲斥責、拳打腳踢。欠債者不禁會想像：「這樣的暴力行為也可能針對自己。」只要讓對手感到害怕，就等於掌握了支配權。

這麼想的話，東彌的計畫理論上非常合理。

然而，即使如此，沒有一個流氓會為了威脅他人而切斷自己的小指。不論多麼有效，即使能夠保證治癒，也沒有人會想要做這種事。

「雙岡小姐，妳和東彌屬於相反的性格。妳一定很珍惜自己的生命，也同樣地或是更加珍惜他人的生命。可是，東彌剛好相反。他徹底地胡亂對待自己的生命，讓對手覺得『他不惜同歸於盡』，藉此獲得勝利。」

「的確，這麼說的話，他跟我可以說剛好相反。」

「可是，你們卻彼此相鄰，感覺很奇妙。」

「……我從剛剛就不太懂，我跟他為什麼是彼此相鄰？」

「哦。」真由美笑著告訴她：「在塔羅牌裡，『正義（Justice）』在『倒懸者（The Hanged Man）』旁邊，就好像剛好相反的兩人彼此相鄰。滿有趣的吧？」

「有趣……嗎？我對塔羅牌不熟，所以沒辦法回答……」

「不過『倒懸者』的下一張牌是『死神（Death）』，所以東彌等於是夾在妳和死亡之間。妳知道嗎？『倒懸者』這張牌如果從逆位來看，就好像在不安穩的地方跳舞一樣。」

塔羅牌的正位和逆位會有完全相反的解釋。

各張牌會因為看法而改變意義。不是些微的差異，而是表裡兩面，就好像強度與弱度是同義。人類也會因為觀察的角度與狀況，看起來像是不同人物。

「他一直走在生死的界線上，不知道要去哪裡……」

真由美像唱歌般喃喃地說，然後笑了。

＋＋

這一天終於來臨。

珠子駕駛著 SKYLINE，眺望被夕陽染紅的山巒。

前往目的地的路上幾乎沒有岔路，不用擔心會迷路。她交互吃著點心棒與巧克力，行駛在蜿蜒向上的山路。

和「惡眼之王」威廉．布拉克約定的時間是深夜零點。現在時間是晚上六點多，還有幾個小時的時間。

東彌以簡訊和對方交涉之後，決定將地點選擇在山中的某棟建築。那裡是做為地方公民會館兼鄉土資料館建造的建築，通稱「伯樂善二郎紀念館」，由伯樂善二郎以私人經費建造，用來追悼因為建造水壩而被消滅的故鄉村莊。

網站上雖然把這樣的內容介紹為佳話，但實際上這棟建築似乎幾乎沒有在使用。建築物座落在仰望高架橋的地點，距離村民移居的山麓城鎮需要開車一個小時才能抵達。姑且不論做為資料館的功能，以公民會館來說完全缺乏便利性，頂多只有國高中社團住宿集訓時會使用，平常幾乎沒有使用者。

聽到這樣的來歷，東彌開玩笑地說：「就算是要貢獻地方，感覺也很不自然。會不會是藏了遺產？」有鑑於伯樂善二郎出身舊華族，擁有雄厚的背景，即使藏匿了變為古董的資產也不足為奇。

今天這棟建築也沒有發揮公共設施的功能，顯得很冷清。大而無用的停車場內，只有一輛輕型卡車停放在建築物陰影中。正當珠子猜測那會不會是戻橋東彌的車子，就聽到輕浮的聲音喊：「小珠～」

站在公民會館西式建築入口的，無庸置疑是戻橋東彌。

不過睽違幾天的少年臉上，多了遮住右眼的眼罩。是藥局賣的那種黏貼式眼罩。

「好久不見，小珠。」

「我本來打算在重逢的時候罵你失蹤的事，不過在那之前，有個問題我不得不問：你為什麼戴著眼罩？」

「這是祕密武器。等我說明我的計畫，妳就會了解了。」

「我知道了，那麼我就來說我原本想說的話吧：你到底在想什麼！」

「別那麼生氣。我也需要調度必要的東西，還要去借輕型卡車之類的。先別管這個，妳來看這裡！奠基石上方的紀念碑！這棟建築跟我們是同一個世代，父親是伯樂善二郎。」

「我知道。」

「然後，這尊胸像就是伯樂善二郎。裡面也有他生前的資料。」

正面旁邊的花壇設有已故的伯樂善二郎胸像。雕像以大理石製作，即使是外行人也看得出製作得相當精緻，和珠子住院時在電視上常看到的那位政治人物一模一樣。

……除了頭上戴著棒球帽之外。

「那頂帽子是做什麼用的？」

「是我幫他戴上去的。」

「……為什麼？」

「嗯？因為禿頭看起來很冷。沒什麼特別的意義。」

珠子搞不懂他是什麼意思。現在是夏天，不可能會覺得冷。她一面猶豫著該不該吐嘈，一面踏入建築中。

室內很暗，而且不見人影。

雖然在決定日期的階段沒有刻意安排，不過幸虧今天是休館日，不必請人迴避。東彌用佐井取得的複製鑰匙打開門，率先進入公民會館，並說大略的事前準備已經完成。事先準備，就會成為「勝算」。

「好，來整理情報吧。首先是這棟建築的構造。」

東彌邊說邊在入口的椅子坐下。

從玄關看，左邊是做為公民會館的設施，依序是會議室、遊戲室、體育館。右邊則是做為鄉土資料館的設施，一樓有咖啡區和陳列受贈書籍的書櫃，樓中樓的部分有收藏鄉土史相關文物的房間，最上層的二樓則是展示伯樂善二郎生前功績的資料室與館長室。此外，櫃檯後方有警衛室——控制館內廣播與電源的房間。

建築本身看起來很豪華，不過明明是鄉土資料館，建築卻有濃厚的西式風格，入口正上方掛著吊燈，在細節部分可以強烈感受到金錢的力量。珠子實在無法喜歡這種權威主義的外觀。

東彌穿過咖啡區，掃視排列在室內的書架說：

「我打算接下來巡視這裡的設備，不過先來整理目前得到的情報吧。首先從待會兒要見面的對象——『惡眼之王』威廉·布拉克開始。」

「威廉·布拉克是魔眼犯罪組織『佛沃雷』的中心人物，綽號是『惡眼之王』，擁有『四目相交的對象一定會死』的魔眼。」

「不是我要雞蛋裡挑骨頭，不過『四目相交的對象一定會死』很正常吧？畢竟人總有一天都會死啊。」

東彌走在通往樓中樓的階梯，踩著有節奏感的腳步聲，笑著這麼說。

「你不記得佐井分部長的話了嗎？實際情況是，和他四目相交的人會立刻自殺。這種異常現象，除了超能力以外沒有其他可能。」

與那個男人四目相交的人一定會死。不，是選擇死亡。

原本朝向男人的刀會割斷自己的喉嚨，手槍會射穿自己的心臟。這不是「四目相交就能殺死對方的能力」，而是「四目相交就能立刻使對方自殺的能力」——這是黑暗世界流傳的定論，也是佐井提出的預測。

「我是在開玩笑。不過他的魔眼有兩個弱點，第一個是對於戴一定濃度以上墨鏡的人無效，第二個是威廉．布拉克本人並沒有辦法有意識地使用魔眼。就如魔眼巴羅爾，他無法以自己的意志咒殺四目相交的對象。」

「這恐怕就是代價吧。他取得殺死敵人的魔眼，但無法關閉這項能力，再也無法與夥伴、朋友或心愛的人四目相交。因此，威廉．布拉克為了避免無差別殺人，平常都會戴上墨鏡。」

「說來還真辛苦。擁有那種眼睛，實在太危險了。『佛沃雷聚會的時候，所有人都要蒙上眼睛』……這是我聽分部長先生說的。這樣一定很不方便吧？」

「佛沃雷是魔眼使用者的犯罪結社。為了避免無法預期的意外，這是必要的措施。畢竟他們各自都擁有魔眼。」

「佛沃雷之所以變成傳說中的組織，或許也包含這樣的理由吧。」

「什麼理由？」

「不只是因為擁有魔眼的異常能力，光是一群人蒙著眼睛聚會，一定會引起話題。那樣的集團太可疑了。像這種無法捉摸的詭異氣氛，也對增加知名度有一定的貢獻吧？」

東彌靠在樓中樓的欄杆，不時假裝狙擊躲藏在一樓書架後方的人，繼續說：

「而且麻煩的是，威廉．布拉克也是射擊與近身格鬥的好手，對不對？」

「是的……如果只是擁有魔眼，應該可以想到很多因應方式，不過威廉．布拉克即使沒有超能力，也被稱為一流的殺手。即使戴上墨鏡封鎖他的能力，只要彼此鬥毆，就有可能直接被殺掉；在格鬥當中如果墨鏡掉下來，也會立即死亡。」

「畢竟沒辦法不去直視他的眼睛而繼續格鬥吧。」

他們爬上樓梯，來到二樓。

資料室展示著記載已故的伯樂善二郎功績的展示板，以及他生前使用的鋼筆等，旁邊也擺著他親筆寫的日記。不過珠子的感想是：又不是小說家，誰會對政治家的這種東西感興趣？

接著他們沿著走廊前進，來到隔壁的館長室，但伸手轉動門把卻打不開。

「這房間即使拿萬能鑰匙也打不開。聽說是因為伯樂先生生前會在這間房間裡工作，所以另外管理鑰匙。因此，館長室只是徒有其名的書房而已。」

「竟然在公共設施設置自己專用的房間……所以我才討厭掌權者。」

「不過這裡是他自費蓋的，有什麼關係？既然是自己的錢，隨自己高興使用，也沒人能抱怨吧？」

「話是這樣沒錯……」

東彌打了一個呵欠，結束閒聊。

「回到那個人的話題，小珠身為CIRO-S的人，也接受過訓練吧？比方說在這座設施和威廉·布拉克對戰，妳覺得妳會贏嗎？」

「……應該不可能。」

珠子搖頭說。

「雖然說接受過訓練，但也只有半年而已，而且我幾乎沒有實戰經驗。對上一般流氓應該不會輸，不過遇到一流的殺手……」

「小珠，妳擅長的是什麼？射擊？近身格鬥？」

「硬要說的話，我曾經被稱讚滿有使用伸縮警棍的天分。」

「哦……那比方說，小珠戴上墨鏡，拿著特殊警棍，對手沒有武器，而且由妳出其不意發動攻擊——這樣的條件下也沒辦法贏嗎？」

「即使是這樣，勝率應該也是五成以下。」

「……小珠，妳該不會滿弱的吧？」

「如果你想要見識我的實力，我可以在這裡把你痛扁一頓。」

珠子抽出伸縮警棍怒視東彌，他不得不道歉：「對不起，是我不好。」

然而，珠子也痛切感受到自己的實力不足。

「唉……如果是佐井分部長，應該就能輕易壓制對手了……」

「那個人很強嗎？」

「是的。他原本是法國外籍部隊的成員，射擊技術和近身格鬥能力都具有頂尖實力。他曾多次前往危險的戰場，卻連一次都沒有中彈。因為這樣的軼聞，他被稱作『現代八幡』，在黑暗世界相當受到敬畏，可以說和『惡眼之王』同樣等級，甚至更高。」

「那樣的綽號，每個人都有嗎？」

「是的，黑暗世界的人大多都有兩、三個別名。有的是敵人感到畏懼而稱呼的，也有自己人命名做為宣傳的，還有上司或同事當作勛章贈送的。威廉．布拉克的別名是『惡眼之王』、『佛沃雷的魔神』，佐井分部長則是『現代八幡』。」

「好帥！那小珠呢？」

「我？我還沒有。」

果然很弱啊──東彌喃喃地說，不過看到珠子銳利的視線便閉上嘴巴。

✢✢

公民會館那一側也很豪華。除了體育館和器材室以外，還有戲劇與演講用的舞台、社團比賽用的觀眾席與走道等，設備非常充實。體育館正後方是別館的住宿設施，看起來的確適合做為社團住宿集訓時的場地。

雙岡珠子在國高中時，與運動社團完全無緣，因此來到這樣的場所，心情就會格外亢奮。不過實際使用這個場地、投入練習的國高中生，大概很難理解這樣的心情吧。重要的東西，總要失去了才能體會其重要性。

兩人偶爾夾雜閒聊，由東彌說明作戰計畫之後，最後來到櫃檯後方的警衛室。

「小珠，妳知道嗎？最近這樣的房間不叫警衛室，要稱為中央管理室或防災中心。」

「是嗎？」

「嗯。像這樣可以操作監視攝影機和警報裝置的地方，就叫管理室；匯集火災警報器資訊的地方，叫做防災中心；不過在大多建築物，這兩種都在一起，然後再加上既有的警衛室功能。」

「哦……我第一次聽說。」

「我雖然不懂政治人物或流行時尚的話題，卻知道很多無管緊要的瑣事。畢竟很難預期什麼東西會成為勝負的關鍵。」

東彌提供了或許令人驚嘆，但一輩子大概都不會用到的冷知識之後，隨興地敲打控制板。他檢視監視攝影機，指出這台機器可以指定熄燈與點燈時間，然後笑著說「好像空調遙控」。

他玩過一輪之後，表情突然變為溫和的微笑說道：

「……小珠，我雖然說明了作戰計畫，可是妳並不需要配合我。也許佛沃雷會派大軍攻入，我的計畫就有可能毫無意義地終結……我會賭上自己的性命，可是沒有強到可以毫不猶豫地賭上他人的性命。老實說，如果妳逃跑，我的心情會輕鬆一點。」

「你不需要在意我。這是我的工作。我之前也說過，像你這種想自殺的人太危險了，我沒辦法坐視不管。」

「這是求婚嗎？」

「我會殺了你喔。」

「好可怕！突然好可怕！」

東彌笑了，珠子也笑了。

雖然在這樣的狀況，他們卻能很坦率地一起歡笑。

「好……現在還不到八點，距離約定時間還有很久，等對方過來就展開行動吧，別忘了打開我給妳的無線電喔。」

「至少在這種機器方面，我自認比你厲害。話說回來，像這樣的功能，我交給你的CIRO－S手機裡面就有了。」

「嗯？反正這個就兼作備用功能吧。」

「我不了解你的意思……」

戻橋東彌臉上帶著笑容，從夾克口袋裡取出髮蠟。他把乳霜狀的髮蠟放在手上抹勻，撩起陰沉的長瀏海，往後撥並固定。

把頭髮往後梳的髮型，讓他的黑眼珠變得明顯。他的眼中蘊藏著與「正當」、「善良」無緣的光芒，已經不再隱藏虛無的瘋狂。

只有笑容依舊顯得輕佻，東彌問：

「那麼，我要確認最後一次……真的是最後一次。妳打算參加我的賭局嗎？」

「不要讓我說太多遍。像你這樣的人，我沒辦法坐視不管。」

「這是妳說的喔！不過我也許還隱藏著別的祕密，沒關係嗎？」

「我已經習慣你的異常和祕密主義。即使你隱藏著祕密，反正等到揭曉之後再生氣就行了。」

「小珠，妳真是個好人。妳一定會很辛苦吧？」

——不過，謝謝妳。

東彌小聲地說，然後又笑了。

這是先前不曾看過、宛如幼兒般的笑容。

兩條線
交錯在一起

在視線前方的是什麼？

在死線上方的是什麼？

生死不斷交錯縈繞，畫著螺旋。

生死，即為瘋狂與理智。

少年就在瘋狂與理智的縫隙間跳著舞。

即使是一流的麻將選手，也會有苦惱不知該捨棄哪一張牌的時候。同樣地，一流殺手有時也會不知該如何選擇。

此刻在某間高級飯店的客房內，威廉．布拉克正在煩惱。

他思索的內容是一封郵件。他受到與阿巴頓集團敵對的企業委託來到日本，開始搜尋C檔案，已經過了一個月。在篤實金融公司大樓發生的事件後過了幾天，他收到一封郵件。

內容首先確認：『你就是佛沃雷的威廉．布拉克嗎？』然後自稱：『我也擁有C檔案相關情報。』接著進行交涉：『但是，憑我沒辦法發揮檔案的力量，因此願意把手中的C檔案相關情報給你，希望能夠得到某些好處。』

布拉克預期所謂的好處想必就是「金錢」，或者是「交換可以換錢的其他情報」。

他不知道對方是否知道檔案內容，不過那份檔案雖然重要，卻不是任何人都能夠利用。基本上，一般人不可能有機會和阿巴頓集團這樣的國際企業交涉。即使有機會，回應也只會是子彈。處理一具屍體對阿巴頓集團來說，根本不是問題。

想到這一點，就會覺得與其直接和阿巴頓交涉，不如賣給黑社會的其他人。即使是地下生意，也不能不理會評價。如果「殺死交涉對象、奪走物品」的事傳出去，就會影響到組織的信用。因此，寄信者的選擇可以說是聰明的。

然而在佛沃雷方面，布拉克也有許多疑問。

首先，這個寄信者知道「佛沃雷」這個組織，也知道「C檔案」。

此外，他的郵件帳號只有少數人知道。

「會不會是從一之井那裡洩漏的？直接聯絡的方式應該不能記錄下來。如果是對方調查出來的，那就是很強大的諜報能力。」

他透過說出口，重新認知現況，不過也無從改變眼前的狀況。

腦中閃過「陷阱」這個詞。這封郵件有可能是警察、情報機關或是外國組織設下的陷阱，只要布拉克前往約定場所，就會落入死亡或者比死亡更痛苦的結局。這是常見的手段。

然而，這個預測有一個瑕疵。

就是做法太幼稚笨拙了。

一般來說，要設下這樣的陷阱，必須使用各種花招。譬如在聯絡的階段，會交付名片謊稱「我是八卦雜誌的記者」，甚至會讓對方在檢索這個名字時，找到幾則同名記者寫的新聞報導，藉以取得信任。為了欺騙對手，通常會像這樣採用各式各樣的手段。

基本上，如果這封郵件的寄件人是從佛沃雷成員身上奪得聯絡方式，只要冒充該成員聯絡就行了，或者也可以拿槍威脅對方打電話。如果是佛沃雷的某個人背叛組織，也可以由那個人聯絡。這些都是常用手段。

然而，這封郵件的寄件人沒有採取這些手段。

這個寄信人突然以熱線聯絡，沒有表明身分就宣稱「想要交涉」。

正因為布拉克長年生活在黑暗世界，身經百戰，才會感到煩惱。由於對手太過笨拙，他難以判斷這是否是陷阱，不知道對手奇怪的態度是否也在計算之中。

這時筆記型電腦又收到新的郵件。

布拉克檢視內容，不禁笑了出來。

『我忘了報上名字。請稱呼我「東彌」。我跟你曾在篤實金融公司擦身而過，不知道你記不記得？』

他記得，不可能會忘記。

因為工作的關係，再加上特殊能力，布拉克並不會一一記住殺害對象，也因此他無法忘記沒有殺成功的對象。他不可能會忘記被自己的魔眼看中，卻能幸運逃跑的對象。

「原來如此，是那個從三樓跳下去的勇敢少年啊。」

布拉克知道自己在攻擊篤實金融公司時，有漏掉沒有殺死的人。他也知道那大概是消失在巷弄間的年輕人。

他抵達三樓會客室時，保險箱的門已經打開，而且有被搜刮過的痕跡。布拉克猜想：

「大概是剛好在場的債務人趁亂闖入，帶走保證書之類的文件逃跑了。」

雖然也有可能是「搶先得知篤實金融公司內情的人帶走檔案相關文件逃跑」，但可能性應該很低，因為布拉克尋找的文件仍留在那裡。

這麼一來，這封郵件的寄件人「東彌」說他「擁有情報」是謊言嗎？

或者除了布拉克取得的資料之外，他真的取得有關隱藏地點的重要資料？

布拉克不知道答案，但是看了郵件接下來的內容，不禁再度失笑。

『我現在名義上受僱於其他人，不過我沒辦法喜歡那個人，所以覺得跟隨你也不錯。

我甚至可以免費提供情報。』

真有趣的傢伙，跟他應該很合得來——這是布拉克由衷的感想。

光是因為「沒辦法喜歡那個人」的理由就背叛雇主，宣稱願意跟隨曾經狙擊過自己的對手，這個少年的腦袋究竟是怎麼搞的？

布拉克在黑社會看過幾個腦筋壞掉的人，看來這傢伙也滿嚴重的。布拉克繼續笑著。

郵件的最後寫道：『如果你願意見我，可以任意指定時間與地點。』

至此，布拉克的心意已決。

「東彌……我很期待跟你見面。」

這究竟是陷阱？或者只是狂人的戲言？

現在雖然還無從判斷，不過即使是陷阱，這個叫東彌的少年在死之前，應該能夠為他帶來樂趣吧。

布拉克回信之後，躺在床上，取下墨鏡，閉上那雙血染的雙眼。

他今天想要在這樣的好心情中入睡。

＋＋

晚上十一點多。

地點當然是伯樂善二郎紀念館。

威廉．布拉克下達指令後，在自己開來的跑車旁邊點燃香菸。

由於這裡是山區，周圍很暗。雖然離村落沒有很遠，但或許因為沒有光源，星空顯得格外美麗。他轉頭望向公民會館的方向。平常很少使用、而且已經過了閉館時間的設施，此刻卻燈火通明，很明顯地裡面有人。

話說回來，布拉克也才剛剛派人進去。

在短短三天當中，要在人生地不熟的日本找到從事地下生意的人並不容易，不過他利用和黑道的關係，調度到三名年輕人。這些年輕人各自拿著金屬球棒、匕首等武器，幹勁十足地進入公民會館。

「首先要確認。」

對方的目的如果是「殺死威廉．布拉克本人」，那麼建築中應該會設置闊刀地雷等各種軍用陷阱，或者也可能在有人踏入的瞬間，整棟建築就立即爆炸。

會有什麼結果呢？

正當男人瞇起暗夜般深色墨鏡後方的雙眼——

『——叮咚噹咚～造訪本館的客人請注意。』

從播放器傳來格外輕佻的聲音，震動布拉克的耳膜。

有人使用館內廣播在說話？這個聲音就是「東彌」嗎？

敵人——館內的對手有兩人，一個男人和一個女人。山林間似乎也沒有埋伏部隊。布拉克瞬間分析狀況，發揮智謀。

相對地，廣播以隨興到極點的語調繼續說：

『嗯？咦？聲音好像有點遠……啊，是這個嗎？沒錯……好的，重新開始。造訪本館的客人請注意。』

聲量變得稍大，不過語調依舊輕佻。這種態度怎麼聽都像是在胡鬧。

『就如正面入口所寫的，本館全面禁菸，並且嚴禁用火。想要抽菸的人，麻煩前往停車場旁邊的吸菸區。此外，以常理判斷屬於武器的物品，也禁止攜入館內，並且請勿有暴力行為……唉，不玩了。可以聽我抱怨一下嗎？』

勉強維持的館內廣播形式崩壞，麥克風前的少年打了個呵欠，用彷彿在向朋友抱怨的輕鬆口吻說：

『墨鏡先生，你太過分了。我明明在郵件裡寫說要一個人來，你卻劈頭就派好幾個武裝分子進來。不過，反正我也帶了其他人來，所以算是彼此彼此。你別待在那裡，過來吧。』

布拉克把抽完的菸丟落在腳邊，用腳踩熄。

自稱東彌的少年，很明顯是在有廣播設備的管理室。現在立刻過去，應該就能抓住他。

他已經對先前派進去的三人指示「搜索館內每一個角落」，不知他們會如何選擇。是決定先宰了在廣播的這個人？還是會兵分二路，只派一人去管理室？或者已經被敵人——另一個女人——壓制？

『根據我的推測，墨鏡先生應該是把車停在高速公路的緊急停車區，或是設置小型攝影機監視這裡吧？你想要知道這裡有幾個人、有什麼裝備。從我這裡當然看不到高架橋上面，不過，如果我站在墨鏡先生的立場，一定會這麼做。要不然就是在山路途中吧？幸運的是來這裡的路只有一條，所以墨鏡先生一定會這麼做。你知道我這裡的人數有兩個人，而且沒有埋伏。你猜對了。』

廣播以不變的語調繼續說話。

然而威廉．布拉克已經理解，這名少年不是普通人物，畢竟他曾經躲過自己的魔眼。雖然容易被他輕佻的態度所騙，但這名少年的腦筋一定相當聰明。

『墨鏡先生這麼厲害，應該能理解我說「嚴禁用火」的意思吧？如果在這樣的前提下，你還想跟我談話，就過來吧。我沒有設下什麼了不起的陷阱，只是為了自衛稍微準備一下而已。』

「惡眼之王」威廉・布拉克踏出腳步。

公民會館是幹殺手這一行的人不可能前往的設施。這裡是市民聚集、放鬆的場所。然而此刻，這裡已經成為戰場，沒有放鬆的餘地。

++

廣播是在一群男人踏入館內、爬上通往二樓的階梯時開始的。

『——叮咚噹咚～造訪本館的客人請注意。』

三個男人共同的感想是，這是什麼？

是挑釁？還是陷阱？

他們無法判斷，結果還是依照當初討論的結果，先到最上層檢視。

『嗯？咦？聲音好像有點遠……』

走在最前方、拿著球棒的男人爬完樓梯之後，停下腳步。

『啊，是這個嗎？沒錯。』

走在第二位的男人不小心撞到前面的人，抱怨說：「搞什麼？」不過走在前方的男人已經開始往前跑。「找到了！」他隨著這句話跑出去，跟在後面的兩人聽到這句話，察覺到他大概在走廊前方看到人影，隨即跟上去。

帶頭的男人進入走廊盡頭的房間。

另外兩人也想跟進去，但臨時停下來。

「啊～嘎、咳！」

一開始聽見的是某種衝擊聲，接著是不成語言的尖叫，最後是某樣龐然大物倒下的聲音。

他們瞬間理解，前方的男人已遭房間裡的人攻擊。

『……好的，重新開始。造訪本館的客人請注意。』

要重整態勢？還是兩人同時衝進去？

雖然很難決定，不過他們很快就不需要思考這個問題。

因為打倒第一個男人的凶手從房間裡走了出來。

「我警告你們。」

這名女子說。

「剛剛這位突然發動攻擊，因此我來不及跟他說，不過我會先警告你們：現在立刻放下武器，離開這棟建築物，這樣的話我就不會對你們動手。基本上，你們真的抱定決心了嗎？你們有背負殺人十字架的決心，以及為達目的不惜捨棄生命的決心嗎？」

這名女子頭髮梳得很整齊，格外適合穿套裝。

長相在平均值以上，不過一本正經的眼神給人難以親近的印象。她的單眼用黏貼式眼罩遮起來，一隻手拿著伸縮警棍，更增添威迫感。然而另一方面，她的眼睛格外純淨，如果不是在這種情況下，想必看起來更美。

從表情可以看出她的警告是認真的。她話中的意思就是：「你們如果要逃，我不會追上去。」

館內廣播依舊用輕佻的語氣繼續下去，告知禁菸與吸菸區地點等資訊。

「就如廣播所說，這裡禁止攜帶武器入內，而且嚴禁暴力行為。請你們立即返回。我也在趕時間，所以如果你們能夠照做，我會很感謝。」

然而，這些男人並沒有單純到被命令「回去」就乖乖回去。如果那麼乖巧，就不會做這種事了。更何況，命令他們的是個完全陌生的女子，還打倒他們的一個夥伴。

兩個男人再度互看了一眼。

下一瞬間，他們同時發動攻擊。

「……真遺憾。」

女人說話的聲音被語氣輕浮的館內廣播蓋過去。

＋＋

在「沙沙」的雜音之後，她又聽到那個熟悉的聲音。

『小珠，敵人一共有三個人。他們是戴著頭套的三人組，武器分別是金屬球棒、匕首、手指虎。他們正在鄉土資料館那一邊的樓梯前面談話……從態度來看，應該是街頭小混混。一般來說，進入已知有敵人的建築物，應該更警戒才對。』

從預先準備的對講機傳來的，確實是東彌的聲音。他的口吻只比平常稍微嚴肅一點。

東彌檢視監視攝影機，發現敵人就用無線對講機告知珠子。珠子接到聯絡，就以得到的情報為依據，對敵人發動攻擊——這就是戻橋東彌的第一項策略。

「我知道了。威廉．布拉克呢？」

『他在外面抽菸。如果有什麼動靜，我會再通知你。』

東彌說完，以「拜拜，我愛妳」的輕佻語句結束通話。他在說什麼？珠子正感到傻眼，廣播就依照預定計畫開始了。

『——叮咚噹咚～』

在莫名其妙的館內廣播開始的同時，珠子改變想法，再度按下無線對講機的按鈕。

「……請你一面廣播一面聽我說。我雖然不愛你，不過並不討厭你。」

究竟是什麼樣的心境變化，讓她說出這種話？

繼續廣播的東彌無法理解，但珠子明白自己的心情。

接下來要展開戰鬥。他們已經進入生死關頭，剩下的是一直戰鬥到某一方倒下為止，甚至有可能會出現死者。不，應該說一定會有人死掉。

此刻珠子身處的就是這樣賭上性命的戰鬥。

賭上性命的戰鬥——這是雙岡珠子第一次經歷的廝殺。

如果說不害怕，那就是在撒謊，不過她並不感到後悔。不同於被疾病奪走生命，現在她是自己選擇拚上性命，所以即使死了，她也不會後悔。

不，不對。

她希望能夠「不會後悔」。

只要這麼認為、這麼相信——或許就連死亡也不會害怕。

「所以等這場戰鬥安全結束，我們再去吃東西吧。」

因此，珠子才會留下這樣的話語。

對於首度站上生死戰場的人，說些無關緊要的話題。
就如他每次的做法，單方面地承諾。
希望這樣瑣碎的約定，能夠成為少許的悔恨。
希望這樣的悔恨，能夠成為將自己、還有將他綁在此岸的木樁。
「那我走了。」
珠子邊祈禱邊採取行動。

++

威廉·布拉克踏入記念館內。
天花板上的奢華吊燈相當刺眼，館內仍舊繼續在廣播。乍看之下似乎是平和的景象，
但是布拉克自己最明白這是錯覺。
『話說回來，墨鏡先生，關於能力的事，我有些問題。』

布拉克已經在入口處的導覽板確認過管理室的地點。他不知道先前送入的三人下場如何，也沒有興趣知道。他首先打算前往聲音的主人——自稱東彌的少年所在之處。

根據布拉克的想法，對方能夠採取的策略當中，可能性最高的是夾擊。

看似玩鬧的廣播用來吸引敵人的注意力，引導對方前往管理室，然後負責廣播的人與預先在別處待命的另一人，共同夾擊敵人。這雖然是俗套，卻是好招。

不過，這項策略必須要在敵人——亦即威廉・布拉克——只有一個人，而且己方則有不只一人的狀況下才有效。如果運氣好，那三人可以纏住另一名穿套裝的女性，那麼東彌的策略就會立刻被粉碎。

為了防備夾擊，布拉克一面注意後方，一面走入櫃檯旁邊的走廊。盡頭的逃生門和前方管理室的門都刻意被打開一半。此外，不同於其他地方，只有這條走廊周圍沒有開燈，非常黑暗。

利用廣播把敵人引來這裡，然後用設置在走廊和門上的陷阱把敵人解決掉——這樣的手段也不無可能。

布拉克這麼想，拆下舉起的自動手槍上的戰術燈，照亮四周並凝神注目。

『我聽說墨鏡先生的能力是「與你四目相交的對象一定會死」、「會立即自殺」，不過，真的是這樣的能力嗎？會不會是預先動了手腳？比如說「四目相交的對象其實是夥伴，自殺只是演技」，然後有些相信傳說的膽小鬼被嚇到自殺，不祥的傳說就達成了……真相也有可能是這樣吧？』

然而實際上，布拉克認為設有致死性陷阱的可能性很低。譬如要是把建築物炸毀、讓敵人立刻死亡，會有些麻煩，因為這樣一來便無法取得敵人手上的情報。這一點就布拉克的立場也一樣。

這場戰鬥是為了「C檔案相關情報」而進行。要是殺死對手，就難以取得目標物了。對於雙方來說，理想的情況應該是「傷害敵人到不會致死的程度，限制對方行動」。他對那三人也下達同樣的指示，但……

布拉克邊思考，邊保持警戒檢視周圍，一口氣踏入管理室內。

「Freeze（不准動）！」

他舉起再度裝上戰術燈的傑里科手槍，為了搶得先機而高喊。

然而，這裡只剩空殼。

室內空無一人。

無人的管理室很昏暗，只有監視攝影機的螢幕光線朦朧地照亮室內。桌椅下方、櫥櫃旁邊，全都沒有可以躲人的地方。

只有智慧型手機放在廣播用的麥克風旁邊，保持免持狀態，音量開到最大。

『我最討厭謊言，又因為疑心很重，所以會這樣猜想。真相到底是什麼？「惡眼之王」先生？話說回來……你怎麼一直都不過來？你在哪裡？』

從什麼時候開始的？威廉・布拉克思索。從什麼時候開始，廣播切換成透過電話進行呢？

他不知道是什麼時候。

東彌是在什麼時候離開管理室？從布拉克的視角無從得知。仔細想想，一開始東彌雖然說「到這裡來」，但並沒有說過「自己在管理室」。

那麼，是從一開始？

「……Fuck！」

然而這種事已經不重要了。

他被區區一名少年耍了，焦躁地把手伸向手機。

這時，他忽然發覺到自己的嘴角揚起。他雖然對於傻傻上當的自己感到生氣，但是對於耍了他的少年卻不感到憤怒，反而想要給予對方讚賞的掌聲。

他的心情很愉快。

『對了，我還聽說，能力會反映一個人的願望和心結。到底懷有什麼樣的願望，才會得到「四目相交就能讓對手死亡」的能力呢？這一點我不明白。』

「……我有個妹妹。」

『！』

布拉克解除手機的免持狀態，把手機貼在耳邊。

接著他隨心所欲地開始述說：

「她比我小六歲，因為年紀相差很多，是很可愛的妹妹。不過有一天，我發現父親看我和看妹妹的視線不一樣。」

『……幸會，墨鏡先生。然後呢？』

「我一開始覺得，對待男生和女生，態度當然會不一樣……不過有一天，我從鄰居的口中得知真相。」
沒錯，他和現在的父親沒有血緣關係。
布拉克是母親的拖油瓶，親生父親據說是她大學時代的朋友。
『也就是說，講得直接一點……墨鏡先生對父親來說，是很礙眼的存在。』
「沒錯。」
布拉克邊點頭邊踏出腳步。
他走出管理室，經過走廊，一面說話一面保持警戒，回到建築物的入口。
父親的態度一年比一年冷淡。異父兄妹的家，如果沒有身為哥哥的布拉克，父母親與妹妹就可以建立普通的家庭；或者只要父親不在，他們就是同一個母親生下的兄妹。
然而事情並不如所願，混雜異物的扭曲狀態持續下去。
究竟誰才是異物？
「我發覺到這一點之後，就很想要早點離家。高中畢業後決定加入軍隊，也是因為想要更早離開那個地方。」
『可是偶爾還是得回去吧？』
「嗯。對我來說，返鄉只會帶來痛苦。以這個國家的語言來說，就是『如坐針氈』

吧？當時妹妹也知道我不是真正的哥哥，所以情況變得更加嚴重。我心想：『如果父親不在就好了。』」

表面上雖然裝作沒事，私底下卻彼此憎恨，投以冷淡的視線。

如果這個男人不在就好了——每一天他們都彼此詛咒。

「有一天，在作戰的時候，敵人的背影忽然和父親的背影重疊。」

——啊，如果沒有這傢伙就好了。

沒錯，他當時心想，如果對方可以自己死掉，不知該有多好。

威廉·布拉克打從心底如此期待、希望、祈禱。

不知何時開始，他得到了能力——只要視線交接就能咒殺對方，堪稱神之領域的魔眼。這是實現夢想的能力。就這樣，布拉克達成目的，一路走下來，就成為到處散播死亡的魔神。

「如何？你滿意了嗎？」

『……我知道了，謝謝。雖然我無從確定你說的是不是真的，不過聽起來滿合理的。有這樣的過去，因此得到「四目相交就能讓對手自殺」這種神奇的力量，也不足為奇了。』

「談完往事之後，接著來談工作的事吧。東彌，你在哪裡？」

少年發出裝模作樣的笑聲回答：

『我在體育館。快點過來吧，墨鏡先生。』

++

布拉克來到寫著「GYM」的招牌前，稍微打開體育館的門，蹲下來用手搧風，聞室內空氣的氣味。雖然灰塵味很重，不過沒有異味。

巨大的門旁邊有通往觀眾席的階梯。布拉克也確認了那裡的空氣味道，仍舊沒有特殊的氣味。

『喂~快一點，我等得不耐煩了。你該不會在害怕吧？』

「就如勇氣和蠻勇只有一線之隔，慎重與膽怯也是表裡兩面。從這個角度來看，我的確在害怕。」

『我從剛剛就覺得，墨鏡先生真是個老實人，感覺出乎意料地爽快。我以為從事地下生意的人都是更陰險的個性，不過像墨鏡先生這麼強的等級，就會不一樣嗎？』

布拉克原本想回：「你沒聽過『dead men tell no tales（死人不會說話）』嗎？」但終究沒說出口。這種事不需要特別說出來。

對於即將要死的人，不論說什麼都沒有問題。

布拉克不理會少年說的話，窺探室內。

乍看之下好像沒人。燈光照亮的樓層空無一物，也沒有少年的身影。如果他剛剛說「在體育館」不是謊言，那有可能是在舞台垂下的帷幕後方、觀眾席或走道，或者是器材室內……

就如東彌所說的，布拉克先前是從高速公路監視這座公民會館。

因此他看到了。

他看到停車場停了裝載好幾個瓦斯桶的輕型卡車，而且開車的少年把那些瓦斯桶搬進紀念館內。

『不用這麼警戒也沒關係，只要別忘了「嚴禁用火」這件事。』

放在地板上的手機依舊傳出口吻輕佻的話語，不過只要是稍微有點知識的人，理所當然會採取這種程度的警戒。

在瀰漫著瓦斯的室內用火，會立即引發爆炸，讓在場所有人同歸於盡。家庭用的桶裝瓦斯為了防止瓦斯外洩，會在原本無臭無味的瓦斯添加氣味，但布拉克並沒有在現場聞到那種被稱為「腐爛的洋蔥氣味」的臭味。

然而，也不能因此安心。就如先前所述，液化天然瓦斯本身無臭無味。如果這個少年準備的是沒有添加氣味的瓦斯，就沒辦法仰賴嗅覺了。

手機裡的聲音繼續說：

『如果那麼害怕的話，先放下火器類的物品再過來吧？我身上沒有武器。你該不會害怕沒有武器的外行人吧？更何況你有「四目相交就能讓對方自殺」的強大能力，那就更不用害怕了。』

「我害怕的不是沒有拿武器的外行人，而是你這個人。」

沒想到會被設下這種等同於自爆的陷阱——布拉克嘀咕著，把手中的自動手槍收進槍套，改拿出刀子。

大多數人會試圖在不傷害到自己的情況下打倒對方，但是，曾當過軍人與職業殺手的威廉．布拉克認為，這種事根本不可能。如果雙方實力相差巨大，或許這種期望能夠實現，但既然是戰鬥，就必須要有受傷的心理準備。

有一定覺悟的人，會抱持「自損三千、殺敵一萬」的策略，試圖讓對手得到比自己更深的損傷。這種做法有一定的道理。

那麼，如果實力相差太大，連這點都辦不到呢？

……模範答案是「迴避戰鬥」。不過如果衝突無法避免，就必須展開把塑膠炸彈綁在身上突襲的神風特攻了。

既然無論如何都贏不了，那就展現「即使我死了，也要跟你同歸於盡」的決心，設法逼使對方讓步。這是所謂的邊緣政策，屬於懦夫賽局的一種。

現在，布拉克正成了膽小鬼，收起了槍。

「東彌，你到底是何方神聖？」

然而，實行這項策略必須要有相當大的決心。

要有為了達成目的不惜送死的瘋狂決心。

「我害怕的是你這個人」——先前這句話是布拉克的真心話。能夠冷靜採取這種策略的人存在這件事，對於光憑視線就能殺人的布拉克來說，是相當大的威脅。

既是威脅，也是瘋狂。

實在是——太愉快了。

『我不是什麼特別人物，只是個三流私立大學生，到處都有的那種喜歡漂亮姊姊的大學生。』

「如果像你這樣的人到處都有，那就太可怕了。」

『別管我了，來談談檔案吧。』

布拉克單手拿著刀子，沿著牆壁緩緩前進。

在體育館幾乎沒有可以成為盾牌的東西。藉由背對牆壁，可以消除側面的攻擊。再加上貼著牆壁、走在突出的走道下方，也能預防從上方的突襲。這樣一來就能防禦兩個方向。即使如此，也只是封住全方位中的右側與正上方。那個穿套裝的女人不知道什麼時候會出現。布拉克沒有鬆懈警戒，繃緊神經，緩緩前進。

『老實說，我對C檔案所知的情報，只有「可能成為對付阿巴頓集團的王牌」，其他什麼都不知道。』

「你騙了我？」

『我只說「願意把手中的C檔案相關情報給你」，然後剛剛告訴你，C檔案「可能成為對付阿巴頓集團的王牌」。看，我沒有說謊啊！如果你覺得被騙，那只是你自己誤會了，不是嗎？』

「你這個人太胡鬧了。」

『常常有人這麼說。』

「而且很瘋狂。」

「這一點也常常被說。」

然而不論如何，既然對方不知道關於檔案的情報，那就沒有用處，可以早點解決掉。不管對方是誰，布拉克都可以用已達神之領域的魔眼來咒殺。

布拉克來到體育器材室旁邊，把手機貼在耳朵上，敲了敲門。

「……我知道C檔案的內容，不知道的只有隱藏地點。而且我已經調查到，應該是藏在這座建築的周邊，只是不知道關鍵地點。」

『沒有線索嗎？』

「我在篤實金融公司大樓得到的情報，只提到檔案是以『巽』的代號來稱呼。或許是藏在從這裡可以看見的伯樂善二郎故鄉──那座被水壩淹沒的村莊某個角落吧。」

布拉克再度敲了敲門。

……果然在這裡面嗎？

雖然聲音很細微，不過隨著布拉克手部的動作，從手機可以聽見敲門的聲音。也就是說，至少手機是在這裡面。因為有先前管理室的例子，所以東彌本人未必真的在裡面。

東彌說：

『這是我的猜測……你們尋找的檔案內容，或許是要等過了十幾二十年之後——也就是現在最值錢吧？』

「……你為什麼這麼想？」

『沒什麼。這樣的話，我大概知道隱藏地點了，而且多少可以猜到內容。不過後者只是純憑直覺而已。』

布拉克心想，這個少年果然不簡單，兼具輕易賭上性命的瘋狂，以及控制瘋狂的腦袋，堪稱稀有的人才。也許可以招募他進入佛沃雷——布拉克真心這麼想，足見他對於東彌的評價之高，或者也可說是畏懼。

……因此，他要在這裡解決掉這名少年。

雖然感覺有點可惜，不過他仍舊如此決定。

優秀的人就和刀刃一樣。如果能夠握住刀柄，便能成為有效的武器；但是如果使用方式錯誤，就會傷害到自己。

『哦，原來如此。那麼我想問的問題結束了，可以結束談話了嗎？』

「嗯，沒問題。」

『……這是你說的喔？』

在這個瞬間——

令人無法置信的兩個狀況，同時襲向威廉．布拉克。

✣

這一剎那，「惡眼之王」威廉．布拉克完全沒有預期的兩件事同時發生。

首先是眼前體育器材室的門突然被用力打開。

幾乎同一時間，整座體育館的電源都切斷了。

什麼？

他有一瞬間被鐵門打開的聲音分散注意力，再加上電燈全部熄滅，無法倚賴視覺。

在只有備用燈微弱光線的黑暗中，布拉克立即後退，和門內的對手拉開距離。

然而在下一瞬間，他察覺到這正是東彌的用意。

「——背負殺人的十字架吧，威廉．布拉克！」

在看不清任何東西的黑暗中，有人高聲吶喊並撲向布拉克。

不，是從走道跳下來。

布拉克為了從器材室拉開距離，因而暴露身體，遭到攻擊。

布拉克想要防禦這名襲擊者的攻擊，然而套裝女人預料到這一步，早了幾個瞬間移動，瞄準布拉克為了迎擊而舉起的右手臂，挾帶跳下來的衝擊力道，用伸縮警棍一擊打斷他的手臂。

刀子發出聲音掉落在地上。

布拉克因為劇烈疼痛而臉孔扭曲。

他在昏暗燈光下注視敵人。因為戴著墨鏡，他無法使用能力。

這個瞬間，女人再度撲上來，揮起警棍瞄準他的上臂。

然而在威廉·布拉克生存的世界，不會讓他天真到乖乖接受這種教科書般的攻擊。他用骨頭出現裂痕的右手保護自己，輕易躲過攻擊，反過來狠狠踢對方一腳。

「唔、啊……」

女人想用左手抓住他的腳，但面對過於強烈的中段踢，她的意圖輕易被粉碎。女人被踢飛一公尺以上，手中的伸縮警棍掉落，受到攻擊的手臂尺骨也斷了。

解決掉一個人。

然而這時，布拉克還來不及喘氣，就被迫回頭。

「……墨鏡先生，你打從一開始就輸了。」

布拉克回頭，看到一名男子站在體育器材室內。

不，不對，在那裡的是他自己。他的身影映在體育館的鏡子裡。

好危險——布拉克心想。要是沒有戴墨鏡，他此刻就會因為魔眼的威力反射而死吧。

那個人躲在巨大的鏡子旁邊。

少年往後梳的髮型變得凌亂，單眼貼著眼罩，更顯著的是毫不隱藏虛無瘋狂的異常氣質。

威廉．布拉克一看到他，就知道「這個少年有問題」。

他無法具體指出是什麼問題，然而少年那輕佻、開朗、又虛無而瘋狂的氣質，卻是無可救藥地異常。他感受到和過去面對眾多強者時完全不同種類的壓力。

這傢伙……

沒錯，正因為布拉克擁有死亡之眼，因此能夠明白。

眼前的少年，完全不把自己的生命當一回事。

「你真的瘋了……」

為了目的獻出生命的瘋狂決心？根本完全猜錯了，這個少年並沒有「決心」這種崇高的情操。

愉快到這個地步，也只能笑了。

這傢伙純粹是打從心底不在乎自己的下場。

威廉·布拉克能夠像呼吸般理所當然、稀鬆平常地殺人。

然而，這名少年站在與布拉克相反的極端上。

「投降吧，墨鏡先生。你賭輸了。如果乖乖承認敗北，我就不會奪走你的生命。」

稍微低頭說話的少年手中，有一把自動手槍。

他說話時，USP手槍的槍口不安穩地朝向布拉克。

「……我輸了？」

「嗯，你輸了。」

少年笑著說。

他的笑容雖然虛無，卻顯得無比快活。

「你以為說這種話我就會撤退嗎？你的夥伴已經變成那樣了。」

「如果你不撤退，一定會後悔。」

「是嗎？」

在這個瞬間——

威廉．布拉克毫不猶豫地襲向眼前的少年。

＋＋

「那麼再確認一次作戰計畫吧，小珠。」

「好的。」

「首先，我會利用館內廣播，把威廉．布拉克引誘到管理室。在這段時間，小珠在樓中樓或二樓的房間待命。如果墨鏡先生一個人，而且毫不猶豫地來到管理室，我會把跟小珠借的手機擺在那裡，然後從後門溜走。我也要借用CIRO－S的手機，拜託妳了。」

「如果他沒有立刻進入館內，或是派遣偵查員，就利用館內廣播引誘布拉克自己到管理室，而我擊倒其他人、把他們關起來。沒錯吧？」

「嗯。不過根據我的預測，他應該會派幾個偵查員——或者該說是擋子彈的人——侵入館內，利用他們來調查有沒有陷阱。總之，如果計畫順利，墨鏡先生應該會一個人到管理室。小珠趁這時候躲到體育館二樓、器材室上方的走道。我會隨時用對講機聯絡狀況，所以應該不要緊，不過妳千萬別碰上他。」

「我知道了。」

「我也會從管理室旁邊的安全門出來，進入體育館，然後躲到體育器材室。墨鏡先生應該會以為館內或體育館內瀰漫著瓦斯，所以大概不會開槍。」

「然後在順利把他引誘到體育器材室的門口之後，由我發動突襲？」

「嗯。我希望妳不要弄錯，突襲不是在『電燈熄滅的瞬間』，而是在『門打開的瞬間』。館內電源切斷的時間可以在管理室設定，但是沒辦法從外面控制。我會設定在墨鏡先生踏入建築物之後、剛好過了三十分鐘的時候切斷電源。理想是在電源切斷的瞬間由我打開門，不過辦不到的可能性很高。墨鏡先生若是察覺到機關，也可能會解除設定，所以妳要隨時依我的暗號來發動攻擊。」

「也就是說，我戴這個眼罩也是為了讓眼睛習慣黑暗嗎？」

「沒錯。因為隨時戴著墨鏡，又只有一隻眼睛，可能不方便行動，不過請妳加油。」

「我知道了……關於最後的突襲，只要瞄準他拿著手槍或是拿著刀的手吧？」

「對，妳要想辦法把對手的武器敲落。」

「……雖然很困難，不過我會試試看。對了，瓦斯是騙人的吧？如果不小心被發現了怎麼辦？」

「這點只能賭賭看了。」

「賭賭看……也就是說，要祈禱他不會發現嗎？」

「不對。那樣的話，勝算太低了……雖然館內瀰漫著瓦斯是謊言，不過我打算讓體育器材室內瀰漫其他東西。」

「其他東西？」

「瓦斯是唬人的，但我搬來的瓦斯桶不是空的，裡面裝滿氧氣。我請朋友幫忙，在空的業務用瓦斯桶裡灌滿氧氣。妳應該聽真由美提起過吧？是我在Hangman遊戲中救過的朋友幫忙的。另外還有乙醇。我會讓體育器材室瀰漫著氧氣。在氧氣濃度很高的房間裡放置揮發性很高的乙醇，在那樣的狀態下如果開槍……妳應該知道會發生什麼事吧？」

「火災的三要素是可燃物、氧氣供給、點火源。在瀰漫著氧氣，又有可燃性危險物質乙醇蒸發的房間裡，如果開槍，槍口的火花就會成為點火源，造成小規模的爆炸。雖然也要看氣體濃度與密閉程度，不過爆炸氣浪造成的衝擊與熱度，一定會對他造成傷害。」

「這就是賭博。墨鏡先生知道沒有瓦斯之後，想必會完全鬆懈，朝體育器材室舉槍。只要他開槍，就會被氣浪震倒……雖然說在裡面的我應該也會受重傷，不過這也沒辦法。但是，如果他發現這個計畫，就幾乎沒轍了。以這點來看，的確是賭博。」

「你總是這麼沉著地賭上性命。」

「既然活著，賭上性命也是理所當然。尤其是像我這麼弱的傢伙，必須要賭上性命，才勉強能夠和其他人站在同樣的位置。」

「唉……我知道了。我會祈禱一切順利。」

「對了，我只告訴妳，其實我還有真正的最後絕招，不過詳細內容就連對妳也不能透漏。」

「你到底要不要告訴我？」

「妳一定會很驚訝。敬請期待。」

＋＋

威廉・布拉克趁一瞬間的空隙，捨棄墨鏡，抓住戻橋東彌。

他伸手搶奪對方的手槍——不，他沒有必要這麼做。擁有「四目相交就能殺死對手」這種非比尋常魔眼的布拉克，只要和敵人對上眼，就能保證取得勝利。

「惡眼之王」用那雙染血的黃金色眼珠凝視少年。

「怎麼會……」

在這個瞬間，只有雙岡珠子察覺。

只有事前聽東彌說明幾乎所有計畫的珠子，才發現這項變化。

東彌在說明作戰計畫時原本應該戴在右邊的眼罩，此刻卻跑到左眼。

兩人的雙眼注視彼此。

視線交錯在一起。

死亡線糾纏不清。

然後——

「你真笨，墨鏡先生。」

東彌以唇形說出這句話的瞬間，威廉·布拉克察覺到異狀。

少年的右眼不是眼睛。

義眼？

不，甚至不是義眼。

雖然製作得宛如義眼般精巧，但那不是眼睛。

那是裡面嵌著鏡子、連義眼都稱不上的玻璃珠。

「啊、嘎……」

詛咒的視線反彈，射穿黃金色的眼珠。

惡眼之王的動作停止。

「四目相交就能逼對手自殺」的邪惡詛咒彈回魔眼之王本人身上，他拚命想要控制自己的身體，卻無法如願。威廉·布拉克與被邪眼葬送的人一樣，只要詛咒發動，就毫無防禦的手段。

「……你真笨，墨鏡先生。『注視』這個動作就等於『被注視』啊。」

「怎麼可能、我、竟然……竟然……」

布拉克的身體一反本人的意願，動了。

他用沒有受傷的單臂撿起掉落在地的刀子，然後將刀刃貼在自己的脖子上。

「可惡、怎麼會……可惡！我、把我的……哦哦哦！」

「還有，不論是什麼樣的魔眼怪獸，都無法避免死亡。魔眼巴羅爾、戈爾貢的美杜莎(註4)，最後都被破解魔眼的力量而死。因為他們看輕敵人，才會陷自己於死地。所以我才說你會後悔。我也說過：『你已經輸了。』」

少年淡淡地說完，閉上眼睛。

閉上預先裝入的鏡面眼珠。

軍用刀劃破頸動脈的瞬間，布拉克再度問：

「你、你到底是……啊啊啊啊啊啊！」

這就是「惡眼之王」最後的遺言。

銳利的刀子深深割破脖子，鮮血如湧泉般噴出，在備用燈的光線中染紅木質地板。他倒在血池中，半邊身體被血染紅。這幅姿態，好似他到處散播的詛咒以及被咒殺者的怨念在侵犯他的身體。

◆註4：希臘神話中的蛇髮女妖，美杜莎為戈爾貢三姊妹的老么，能夠把看到的對象變成石頭。

雙岡珠子說不出話來。

她自己也曾徘徊在生死關頭，自認已經習慣死亡。

然而眼前的情況不同。戰場上的死亡和醫院裡的死亡完全不一樣。

這裡的死亡駭人、恐怖、殘酷。沒有任何人陪伴在身邊，也不會留下任何東西。

這樣的死太過倉促。

「……你問我是何方神聖？我不是說過嗎，墨鏡先生。」

在這當中，東彌重拾先前輕佻的口吻。

他的語調輕佻、開朗、又虛無而瘋狂。

「我只是個大學生。硬要說的話……我覺得與其活得長久卻無用、無意義，不如死得爽快、優雅。不過男孩子應該都是這樣吧？」

他說完笑了。

戻橋東彌從口袋取出純白色的手帕，放在氣絕的魔眼使用者臉上。

返回建築物入口的途中，珠子詢問走在前方的東彌。

「……你一開始就完全計劃好了嗎？」

「沒有完全。這是最後的招數。這是為了在一切都無法順利進行的情況下，或者一切都進行得很順利但是墨鏡先生不肯認輸的情況下，特地準備的招數。」

仔細想想，珠子可以想到幾個跡象。

東彌利用公共電話聯絡時，曾說過「有很多理由沒辦法去探病」。當時他或許是在忙著準備義眼吧？再加上必須調度氧氣桶和調查這個場地，他應該完全沒有多餘的時間。

來到這個場所之後也一樣。仔細想想，在黃昏時分根本沒有必要戴上眼罩。那也是他為了對珠子隱藏最後的絕招。

最後的較勁也一樣。東彌事先拜託珠子「打落武器」。只要手邊沒有槍或刀子，威廉・布拉克必然會試圖使用魔眼來殺死敵人。東彌應該是預料到這一點，才提出要求吧？

這樣一來，利用熄燈的招式或許也只是虛張聲勢。他是為了掩飾戴眼罩的不自然狀態，因而擬出「趁黑暗襲擊」的另一個計畫。

「……你原本就裝義眼嗎？」

「嗯？對呀。我以前賭輸的時候失去了眼睛。」

從頭到尾都依照東彌的計畫進行。

他的勝算，亦即預先安排的計畫完美啟動，使他在這場賭局中獲勝。

以結果來說，這無疑是勝利。這也可以證明，戻橋東彌身為賭徒的實力出類拔萃。

然而，珠子無法接受。

「為什麼！為什麼你這個人……」

她不禁抓住少年，盯著他。

她在流淚。不知為何，淚水無法停止。

「你為什麼能夠像這樣賭上生命？義眼？因為賭輸所以失去眼睛？這不是可以笑著說出來的內容吧？為什麼、為什麼……」

「……等等，冷靜點，小珠，妳那可愛的臉都皺了。」

「我不想聽這種奉承話！」

「我不是在奉承。我最討厭謊言了。」

東彌露出傷腦筋的表情。

「你是不是腦袋有問題？」

「常有人這麼說。不過我說過好幾次，因為我很弱，所以要賭上生命，才能勉強跟對手站在相同的位置。」

「你也是超能力者吧？為什麼不使用能力？」

「我也希望可以用能力來戰鬥啊……」

東彌語焉不詳，接著突然以開朗的聲音笑了。

「小珠，妳肚子餓了吧？我也買了幾種點心棒，妳要不要吃吃看？妳要吃吧？」

「……我要吃……」

珠子覺得這個回應很蠢，不過還是護著疼痛的手臂，收下東彌從外套取出的巧克力和點心棒。

她咬了其中一個，甜味在嘴裡擴散，稍微緩和了情緒。

一切都結束了……只要等佐井分部長過來，向他報告，交接給善後處理的人員，就結束了……已經結束了……

正當珠子感到安心時，東彌靜靜地對她說：

「對了，小珠，等妳吃完之後，我有很重要的事情要告訴妳。」

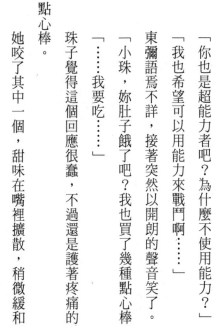

破滅的倒懸者

這名少年暗藏著空虛的瘋狂。
就如拼湊壞掉的拼圖，
就如差了一個音的合音，
任誰都具備的這種扭曲，
在他身上比誰都更嚴重。

五辻真由美以笑臉迎接突然的訪客。

她不介意訪客是初次見面的對象。對於真由美來說，和某人見面、聊天這件事本身就值得高興。尤其如果能聽對方談起人生觀，那就更棒了。就這一點而言，初次見面的對象反而更符合她的需求。

真由美闔上看到一半的書，請訪客坐下。

第一眼看到這名訪客，就會注意到那雙猛禽般的眼神。他身上穿著應該是訂製的黑色西裝，無疑隸屬於警察或相當於警察的組織，要不然就是黑道人士。

真由美以非常平靜的態度詢問這名男子：

「陌生人先生，你今天找我有何貴幹？」

「我想要知道戻橋東彌的事，了解他生長的背景。我們雖然也在調查，不過更詳細的情報，還是要向相關人士打聽比較好。」

男人——佐井征一——明確地說。

真由美聞言揚起嘴角，臉上泛起愉快的微笑。

「是嗎？我昨天剛好也和一名美麗的女性談過類似的話題。」

「是雙岡珠子吧？她是我的部下。」

「那麼你是來重新挑戰的吧？雙岡小姐輸了賭局，沒有得到情報。」

「不是那樣的。我是為了自己的理由而來。」

「是嗎？」真由美笑得更燦爛。「那麼我來說明吧。你想要知道東彌的事也沒關係，我會說出我知道的一切。不過這些情報並不能白白給你，你要跟我賭一局，贏了我才告訴你。」

「如果我輸了呢？」

「就請你簡單扼要地述說自己的半生。」

佐井有一瞬間露出詫異的眼神，不過還是答應了。

珠子拿出撲克牌，和當時一樣排列在桌上。張數有十張。和珠子的賭局不同，這次是背面朝上。

「我對雙岡小姐使用的手段，對你應該行不通，所以我要換一個遊戲。這些牌當中有鬼牌，請你猜猜看鬼牌在哪裡。」

「……」

佐井立刻指著右上角、真由美首先放的那張牌。

「是這張吧？」

「你確定是這張牌嗎？」

「我確定。」

「那麼就開始下一階段。」

真由美說完，從旁邊的牌開始依序翻開。

第二張、第三張、第四張……直到第九張都被翻到正面，而翻開來的牌當中沒有鬼牌。也就是說，剩下還沒翻開的第一張或第十張當中，有一張會是鬼牌。

「陌生人先生，這是大好機會。現在還能重新選擇。你要重選嗎？」

「……這是什麼？妳想要玩蒙提霍爾問題（註5）嗎？」

「哎呀，原來你知道。」

「這種程度的事，我當然知道。如果妳想要探測我的才智，妳選錯遊戲了。我現在並不是依照邏輯來判斷，所以我不會改變決定。」

「你打算遵循自己的直覺？」

「沒錯。」

佐井征一停頓片刻，然後說：

「五辻真由美，我很了解像妳這樣的人。妳擁有優異的才能，也自覺到這一點，因此別無所求，以上帝自居，喜歡把周圍的人耍得團團轉。這是很常見的天才類型。妳只是個空有能力的小孩。」

「所以呢？」

「這種人很喜歡在賭局中出人意表，因為他們喜歡看到對手懊惱的反應。所以像這種單選的遊戲，就會把正確的牌放在一般人絕對不會放的第一張。即使有一百張、一千張都一樣。像妳這樣的人放鬼牌的位置，不是第一張就是最後一張。」

佐井邊說邊翻開第一張牌。

牌面上畫的是小丑，佐井猜對了。

「真厲害。你猜對了，陌生人先生。」

◆註5：源自美國電視節目的遊戲，蒙提霍爾是主持人的名字。遊戲中會有三扇門，其中兩扇後方是山羊，一扇後方是汽車等獎品，參賽者選中獎品的門就可贏得該獎品。遊戲過程中，參賽者選擇一扇門之後，主持人會打開剩下兩扇門當中有山羊的那一扇，然後詢問參賽者要不要更換答案。根據機率計算，更換答案會有較高的勝率。

「如果要再補充的話，第十張也是鬼牌吧？」

真由美不禁笑著翻開第十張牌。

就如他所說的，這一張也是鬼牌。不知道有多少人發現，五辻真由美從來沒有提過「鬼牌只有一張」。

「要不要我再補充？妳已經發覺到我攜帶武器，如果賭輸了，有可能拿槍威脅妳說出情報，那樣就不好玩了。所以妳才設計這樣的遊戲，只為了出人意表。」

「……很厲害，這一點也說中了。看來是我輸了。」

「妳也許很優秀，不過人生經驗不足。妳應該詛咒自己的疾病。」

「我已經詛咒得夠多了。不過我只能接受，這也是我的一部分。這是我的代價，自作自受。不足的人生經驗，我會努力在出院之後累積。」

接著，五辻真由美笑著問：

「然後呢？你想要知道東彌的什麼事情？陌生人先生。」

＋＋

「分部長，請你在那裡停下腳步。」

當佐井征一踏入伯樂善二郎紀念館，制止他的是那個少年的聲音。

公民會館的電燈幾乎都被關上，只有入口上方的吊燈綻放刺眼的光芒。在燈光之下，佐井腳邊有一張磁片。雖然是很舊的東西，不過大概是保存良好，磁片的狀態很不錯。

佐井詢問坐在櫃檯的少年──戻橋東彌。

「你拿到C檔案了嗎？那麼威廉．布拉克……」

「在談這件事之前，我有問題想要問你。」

他的聲音前所未有地認真。

不似平常輕佻的語調，聲音格外沉重而陰鬱。不用聽內容，光憑語調就知道他抱有敵意。

「真巧，我也有問題想要問你。」

「那我們輪流來問吧。」

「知道了。」

兩人的視線有一瞬間交會，接著東彌開口：

「……你其實不是CIRO－S的人吧？」

「嗯。」

佐井若無其事、很平淡地回答。

他承認撒了謊，虛構自己的經歷。

「你是怎麼發現這件事的？」

「從一開始說明的時候，我就覺得奇怪。」

「一開始的說明？」

「嗯。整理當時得到的說明，就是『阿巴頓集團把重要的情報交給伯樂善二郎，有一個叫佛沃雷的犯罪組織盯上這份情報。為了避免情報被他們奪走，CIRO－S展開行動』……不過我當時想到，角色還不夠。」

「角色？」

「嗯。佛沃雷是跟阿巴頓敵對的企業僱用的組織吧？那麼，阿巴頓自己也有可能會僱用黑社會的人，企圖取回檔案。不，照理來說應該會這麼做才對。C檔案視使用方式，似乎有可能對阿巴頓集團造成很大的打擊。依照常識來想，大概是不能公開的情報之類的。那麼，這間公司的人應該最想要處理掉這份情報才對。」

因此，東彌才會認為角色不夠。

如果這次事件是ＣＩＲＯ－Ｓ、佛沃雷與阿巴頓集團僱用的黑社會人士三方的戰鬥，那就容易理解了。這個模式就是以利益為優先的兩個組織，對上以社會和平為目的的超法規機構。

然而，情況不是這樣。角色不夠。

那麼會不會是有人扮演不同的角色？

「也就是說，你們ＣＩＲＯ－Ｓ就是阿巴頓僱用的組織……不，應該說是阿巴頓集團內負責處理問題的部門吧？內閣情報調查室的確有特務搜查部門，可是你們只是假冒這個組織，對不對？」

「沒錯。內閣情報調查室不同於警察，不需要準備徽章或證件。另一方面，只要出示『內閣情報調查室』的名片，企業和政府單位都會配合調查，所以是很方便的隱身衣。」

「『因為沒有對外公開，即使問人也不知道，沒辦法回答』。這是很巧妙的說明。如果我的朋友當中有公務人員或警察相關人士，有可能剛好會詢問他們，所以必須編造這樣的藉口。」

「不過你應該不會只因為這樣就發現吧？」

「當然。」東彌點頭回答。「我看到內閣官房的設施在一般公司大樓，就覺得很奇怪，不過最奇怪的是那棟大樓是CIRO－S關西分部。我上網查過，內閣情報調查室應該是在內閣府官署的一個樓層，職員也不到兩百人。這樣的組織在關西設有分部，太不自然了。」

「這是特務搜查部門，或許有很多沒有公開的人員吧？」

「嗯，可是如果是這樣，人數未免太少。」

內閣情報調查室的人員雖少，但工作很多，即使早上五點上班也不奇怪。這個單位必須收集日本與世界各地內閣所需的各種情報。除了警察廳、防衛省、以及其他公家機關提供的情報之外，還要分析報章雜誌、各種媒體報導，另外要整理自有的情報來源傳來的資訊內容……

如果真的是特務搜查部門的基地，除了這些人員之外，應該還要有行政人員和機動部隊的人，而且和其他組織（譬如同樣負責保護重要人物的警視廳警備部警護課，或是專門搜查黑社會勢力的公安警察）有頻繁的交流。

然而，那棟大樓的人少得驚人。

「本部門在阿巴頓被稱為清掃部，那棟大樓是本部門的祕密基地之一。人少是很正常的，那裡是我的根據地，充其量只是藏身處而已。」

「我透過真由美得知小珠的過去之後，也覺得很奇怪。雖然有可能是因為超能力者人數太少，或者是其他各種理由，可是沒有筆試，然後諜報機關的機動部隊新人只有兩人？還特地派到海外研習？分部長，你們不是政府機關，所以在國內沒辦法準備槍擊戰和街頭戰的訓練場地吧？」

「……我沒什麼好補充的，就是這樣。」

沒錯，一切都是謊言。

戻橋東彌被捲入這個事件之後，原本以為是己方的人，其實才是最惡劣的敵人，而東彌憑賭徒的洞察力看穿這一點。

「你還有什麼問題嗎？」

「還有一、兩個問題。」

東彌停頓片刻，然後問：

「你也騙了……小珠吧？」

「嗯。她跟你不一樣，很純真，所以毫不懷疑地相信了。原本打算等她殺了人、犯下罪行之後再告訴她，用罪惡感綁住她……不過經過這次事件，已經知道她不適合我們的組織。或者應該說，不適合從事和『正義』相關的工作。」

「因為太純真了？」

「沒錯，因為她太純粹了。我們是非正規的組織，在法律上只不過是犯罪集團。但是純粹的正義在哪裡？內閣情報調查室、公安、自衛隊……和超能力者有關的組織都一樣，假借『為了國家』、『為了國民』的名義，進行超越法律規範的殺戮。有許多超能力者在暗地裡被殺害，而社會秩序的確也因此得以維持。不過那傢伙能忍受這種情況嗎？」

「純粹的正義根本不存在，反而可以說，清濁並包才是正道。既然不可能拯救所有人，從被捨棄的一方來看，不論是什麼樣的組織，都不會是『正義使者』，而是『純粹的壞蛋』。」

東彌代替他說完。

或許是因為長期待在醫院而不諳世事，對「正義使者」懷有幻想的雙岡珠子並不知道這樣的情況。或者本人自以為知道，內心深處卻無法理解。

佐井征一的工作的確是違法的。他是處理阻礙阿巴頓集團的對象的清掃人。應該沒有人會稱呼他為「正義使者」。

不過，世界最大規模的綜合企業阿巴頓集團如果倒閉，光是直營企業就會有十萬人以上的員工失業，包含相關團體和下層組織則會有幾百萬、幾千萬人受到波及。對世界經濟的影響會出現在各個領域，如果發生連鎖性的金融危機，造成的災害無法想像。

到底有誰會希望發生那種事？

如果說佐井征一在暗中活躍，是為了迴避那樣的致命情況，那麼「正義」究竟是什麼？

高揭道德倫理與法律上的正確，結果造成數以萬計的人生活困頓的金融危機，難道真的是「正義」嗎？

「我不打算替自己的行為正當化，我只是受僱於人的殺手。不過就因為我的存在，世界最大規模的企業才能得救、維持現在的社會，這也是事實。」

「……的確。」

東彌對於這一點，既不否定也不肯定。

他還無法從這麼大的規模思考。這一點他自己最清楚，因此他無法否定或肯定。

也因此，他說出其他話語。

「接下來大概是我最後一個問題。分部長先生，你從剛剛就格外老實地回答我……該不會已經知道我的能力了吧？」

「嗯，我知道。授與你能力的那位初戀對象已經告訴我了。」

佐井征一以老鷹般的眼睛注視著少年說：

「『如果有人對自己說謊，就可以支配對方一段時間』──這就是你的能力吧，戻橋東彌？」

東彌笑著點頭。

他毫不掩飾虛無的瘋狂，笑了。

＋＋

五辻真由美以撲克牌搭建金字塔。

她的手似乎很靈巧，毫不停滯地迅速往上搭，轉眼間就完成五層的大金字塔。

「陌生人先生，如果你是國王，要替自己建造金字塔，就算上方的材料不夠了，也不會抽出第一層的石頭來用吧？」

「那當然。」

「可是東彌那孩子會這麼做。為了搭得更高，他會毫不猶豫地抽出基礎的石頭往上堆積……這樣就不是金字塔，而是疊疊樂了。」

「我不懂妳的意思。」

「是嗎？我以為這個比喻很恰當……對了，你知道『自我實現理論』嗎？」

「自我實現理論」又稱「馬斯洛的需求五層次理論」，將人類的需求分為五個階段。根據這個理論，人類的需求有五種，亦即生理的需求、安全的需求、社交的需求、受尊重的需求、以及自我實現的需求。

在這個理論中，一般來說人類在滿足低層次的需求之後，會產生新層次的需求。就如同苦於嚴重飢餓的人不會想要受到他人尊重，首先要能保障食衣住、安全、與人交往得到愛情、進一步受到他人尊重，才會產生第五層次的「自我實現」需求。

「可是東彌不一樣，他追求的是『受尊重』與『自我實現』，為此可以捨棄較低層次的需求。他會稀鬆平常地傷害自己、賭上性命，藉此贏得『受尊重』與『自我實現』。」

「這是歪斜的金字塔。」

「這個比喻也很妙。歪斜的金字塔，這就是戾橋東彌的真面目。他希望受到他人畏懼、尊敬、稱讚、承認，東彌就是個只以此為目的生存的年輕人。」

睡美人愉快地笑了。

「偉特塔羅牌中的『倒懸者』畫的據說是奧丁。」

「奧丁是北歐神話裡的戰爭與死亡之神吧。為了得到真理，付出自己的生命，是個瘋狂的神明。」

沒錯。

奧丁也是為了得到力量，失去一隻眼睛的獨眼神。

「就如那位神明，東彌的行為雖然在他人眼中只是瘋狂，但一定有意義存在。」

「妳說得好像很特別，可是在我來看，每個人都是這樣。絕對不會被他人理解，不論到哪裡都是孤獨的，背負著自己的『業』生活。」

內心焚燒著渴求與願望，朝著無法搆到的星星伸出手。

人類的本質，就是如此愚蠢、瘋狂、卻又理所當然，而且比任何東西都美麗——

††

佐井征一說：

「……戻橋東彌，我聽了你的過去。你似乎經歷過很艱苦的狀況。」

東彌沒有動。

他閉著眼睛，默默傾聽。

或者他也可能是想起了艱辛的歲月，勉強忍耐。

「擁有悲慘經驗的人會渴求幸福，或是憎惡幸福，但是這兩者都不符合你的情況。正因為你經歷過生命危險，因此沒有賭上性命就無法感受到自己活著。因為不覺得自己有任何價值，所以內心其實渴望能夠帥氣地死亡吧？」

看不到自己的價值，以及欠缺對生命的實際感受，就是這個少年的本質。

永遠無法填滿的空白——

他追求的是稱讚、畏懼、承認。為了得到這些，他會做出任何事。很快地，他就理所當然地連性命都拿來當賭注。賭上性命的話，勝利時的報酬也更大。

比任何東西都要大。

只有賭上生命的瞬間，他能夠感受到自己「活著」，承認自己的價值。

「我聽那個女孩說完之後就理解了。你的確是到處都有的人。即使經歷那樣的事件，也絲毫沒有瘋狂的普通人……」

到頭來，戻橋東彌是個普通人。

他苦思自己的價值是什麼，對於只是茫然延續的人生感到疑惑，覺得與其無意義地繼續生活，不如華麗地死去。他是個隨處可見的普通少年。

沒錯——只是所有人都有的瘋狂，在他身上異常強烈而已。

「優異的觀察力與洞察力是源自瀕死體驗吧？是ＰＴＳＤ造成的過度覺醒嗎？在生命面臨危機之後，後遺症就是感覺變得異常敏銳。」

「你懂得真多。我自認對於謊言和暴力的氣息格外敏感。」

「你之所以能達到現在的程度，是因為半吊子的聰明和這項能力。但是你應該也已經知道，不論做什麼，內心的空白仍舊無法填滿。你會永遠被過去的幻影折磨。一輩子都無法自我肯定的悲哀存在……這就是你，戻橋東彌。」

「的確。」

「那麼你為什麼還要繼續活下去？至少選一條稍微正常一點的路吧？和女人交往、身體重疊在一起的時候，這份空虛應該會稍微變淡。不過這也只是幻想而已。」

「分部長，你是想對我提出建議？還是打擊我？」

東彌以一副厭煩的態度嘆氣說道。

他的單眼蘊藏著與「正直」和「善良」無緣的美麗光芒，正面注視對方。

「我自己最明白，繼續做這種事也沒用。因為我是個容易自我否定的人，所以像那種自我分析也已經結束了。現在不管別人說什麼，我都不會受到打擊。分部長終究是外人，應該不會理解……我只能用這種方式生存。」

即使理解自己瘋了、壞掉了，東彌本人也無法控制去追求的心理。

他的生存之道，只有順從內心，繼續賭上生命。

「我必須賭上性命，持續證明『自己並非一無是處』，否則連呼吸都會有問題。在人生最初的賭博——被什麼樣的父母親生下來的階段，我就已經輸了。接下來我也一直在輸。我從一開始就輸了。不過——不，正因為如此，我會為了扳回輸掉的部分，繼續賭下去。只要我還活著，就會賭上生命。」

不知為何，這時戻橋東彌的表情格外溫和。

「即使輸了，對我來說也是有價值的死」——東彌曾經說過這樣的話。

沒錯，戻橋東彌會繼續賭。

為了繼續當自己，更重要的是為了生存而持續賭下去，並生活下去。

「……好，分部長先生，如果你的精神攻擊已經結束，就來談最後的話題吧。」

「最後的話題？」

「嗯，好了，妳過來吧。」

聽到這句話，從黑暗中走出一名穿套裝的女孩。

她就是雙岡珠子。

她是否一直在陰影中聽他們對話？她的眼睛濕潤、紅腫，臉頰上看得到淚水的痕跡。

「……小珠，雖然妳可能不想相信，不過分部長先生說的內容都是真的。分部長先生為了避免讓我『支配說謊對象』的能力發動，只能老實回答所有問題。」

「佐井分部長……」

「除此之外，分部長先生針對我所說的也是真的。小珠，我這個人必須賭上自己的生命，才能生存下去。我是個壞掉的人。所以我想我一輩子都沒辦法和重視人命的小珠相容。請妳了解這一點之後再選擇。」

「選擇？」

珠子反問，東彌點頭。

「小珠必須選擇，要站在我這邊，還是分部長那邊。如果妳要站在我這邊，我現在就殺了這個人。我希望小珠也能幫我……雖然這個賭局勝算不太高。不過如果站在分部長那邊，就必須清算掉知道一切的我。這件事大概也得由小珠處理。」

「為什麼……不要亂說！一會兒說分部長不是分部長，一會兒說你已經完全崩壞……

我已經夠混亂了，沒辦法選邊……」

「可是妳必須選擇。這是絕對的。」東彌又說，「所以我不是說過嗎？妳會很辛苦。」

接著他重新轉向佐井征一，對他說：

「好了，分部長，在這一連串事件之後，這是我最後的賭局，希望你也能參加，內容是：『小珠會站在哪一邊？』如果是我贏，我會殺死你。當然你要選擇自殺也可以，否則就由我殺死你。我最討厭說謊的人，絕對不原諒你欺騙小珠。」

「你要裝腔作勢也沒關係，不過你有勝算嗎？外行人拿著一把手槍，絕對不可能贏過我。而且我已經不會說謊了，你絕對不可能有勝算。」

「有，我不會去挑戰沒有勝算的賭局。剩下的是……小珠要怎麼選擇。」

東彌望著珠子。

珠子顫抖著搖頭。東彌像是排拒一般把少女推開，安置在兩人之間。

「不行……我根本沒辦法選……」

珠子看著東彌，又看著佐井。

但是兩人都沒有說話。

他們只是無言地告訴她：「妳自己決定。」

++

我不知道。

我不知道。

我不知道——

珠子什麼都不知道。

原本以為是恩人的人是犯罪者，自己也協助了他的罪行；而剛剛還在她身邊的人，是個必須賭上生命才能生存的異常者。自己必須選擇兩人當中的一人，沒有被選中的就要死。

珠子不可能做出這樣的選擇。

我不知道……有誰能幫我……

她求助的眼神游移著，但在她兩側的兩個男人都沒有說話。

他們不打算回答。

那當然。

這是珠子的選擇。

假設東彌求助，答應他會有什麼結果？

假設佐井命令她，遵從命令會發生什麼事？

不論如何，珠子都會一直後悔。沒有自己選擇、把自己最重要的「正義」交給他人決定的話，珠子今後大概一輩子都無法自己決定任何事，只能盲目地遵從某人，壓抑自己的情感生活。

因此，珠子必須做出這項選擇。

因為這項選擇關係到自己的人生與「正義」。

正義……

我想要救助他人……想要當「正義使者」……

然而，這裡並沒有任誰看了都能理解的正義。

一邊是只對自我需求有興趣的人格異常者，另一邊則是以「為了企業、為了社會」的名義持續殺人的犯罪者。兩邊都沒有正義，只有各自的情況與理論。

她忽然想起在醫院的對話。

「假設妳被周圍的一切背叛，落入絕望的深淵，看不見周圍任何光線，在那樣的情況下，妳會怎麼辦？」

當時睡美人這樣問她。

自己是怎麼回答的？

當時的自己相信這世上存在著無可動搖的「正義」。自己是怎麼說的？

對了，應該是——

……對了，我……

當時雙岡珠子是這麼說的。

「思考什麼才是正確的。即使什麼都不知道，我還是相信應該會有可以知道的東西，找出來之後做為起點，努力尋找不會後悔的答案。」

沒錯，當時的自己是這麼說的。

那是她的決心，也是她的「正義」。

那麼，她必須去思考。

即使什麼都不知道，也要相信會有能夠知道的東西，找出這個確實的東西，從中找到自己的答案。

如果不能這麼做，就無法談論「正義」。

我……

我……

沒有任何人都能接受的正解。

無可動搖的真理不存在於任何地方。

可是，正因如此——為了生活就必須要有自己的「答案」。

這個「答案」，恐怕就是各自信仰的「正義」。

也是那個少年眼中光芒的根源。

沒錯，可以確定的是……

可以確定的事情只有一個。

那就是雙岡珠子——想要成為「正義使者」。

所以今天就是開始的日子。

沒有謊言矯飾，雙岡珠子做為正義使者的開始之日——

++

在這段可以稱為剎那或永恆的時間之後，雙岡珠子抬起頭。

她找到自己的「答案」。

抓住自己的「正義」，直視前方。

「……我有太多不知道的事情，不過只有一件事是確實的。」

接著，珠子看著佐井說：

「佐井分部長……你騙了我。你一直一直都在騙我。不論你的行為從大局著眼是多麼正確，但只有這一點是確實的。你只是個……騙子。」

她緩緩向前走。

走向東彌。

站在少年旁邊。

「分部長或許也有自己的情況，但是你說謊了。我無法跟隨這樣的人。戻橋也好幾次把我耍得團團轉，但每一次都有理由。分部長能夠在我面前抬頭挺胸，說明自己的謊言有什麼理由嗎？」

站在東彌旁邊的珠子擦拭流下的淚水，但雙眼凝視著恩人，絕不移開視線。

「雖然我有很多不知道的事情，但是我知道這一點：分部長對我撒了謊……我無法信任這樣的人。」

珠子鞠躬說「很抱歉」。

她對引導自己、鍛鍊自己、把自己帶到這裡的對象，表達感謝與道別。

「是嗎？真遺憾，雙岡。」

就在下一個瞬間——

佐井操作手機，把借給兩人的CIRO－S手機炸毀。

結束與開始

好了，我們要去哪裡？
以什麼為目標？觀看什麼？

爆炸的劇烈聲響迴盪在四周。

接著震動耳膜的，是某個龐然大物墜落、碎裂的聲音。

……所有人都能看出發生什麼事。

吊燈掉下來了。

佐井征一上方的吊燈在他操作手機的瞬間爆炸墜落，壓垮他的下半身。

東彌事先向珠子借了CIRO－S的手機，和自己的手機一起裝入塑膠袋，固定在入口上方。透過佐井的操作，啟動塑膠炸彈的起爆裝置，將吊燈懸掛部分連同天花板炸碎。吊燈掉下來，便壓垮站在正下方磁片附近的佐井征一。

「佐井分部長！」

珠子不禁想要奔上前。

在揚起的粉塵當中，佐井征一舉起一隻手制止她，笑著回答：

「我不是分部長。哈、哈……你一開始就全部看穿了嗎？」

「你把專用手機這種滿載機密情報的裝置借給外人，我就覺得很奇怪。而且我也聽說過，在內閣情報調查室這種處理情報的機關工作的人，為了提防情報洩漏，到現在都在用非智慧型手機，或者指定使用特定的智慧型手機。」

「是嗎……我賭……輸了嗎……」

「像你這麼厲害的人，應該可以看穿這點程度的陷阱才對。你大概是看到小珠站在我這邊的時候，就打算乖乖送死了吧？你打從一開始就打算輸。你果然是個騙子。我也不想要特地殺死想要自殺的傢伙。這下省了麻煩。」

「哈……不知道、誰才是騙子……」

「我多少可以猜到，你大概跟我一樣，是個有些扭曲的人。明明察覺到自己前進的方向是虛無，卻無法停住腳步。這種男人其實很常見。對於這樣的分部長來說，這個狀況是救贖嗎？在臨死之際，身旁有人為自己流淚……對殺手來說，已經太奢侈了吧？」

佐井傷勢很重，瀕臨死亡。

吊燈殘骸墜落的威力壓碎脊柱，也傷及內臟。腦幹和心臟雖然沒事，但這樣下去，不久就會因為出血過多而死。

即使珠子流淚，也無法改變這項事實。

「呼……」

……到底是在哪裡走錯了？

佐井征一思考。

他並沒有想過要墮入惡道。事實上，他以為自己在做正確的事。自己的手是在什麼時候變得這麼骯髒？他原本有想要守護、達成的東西……現在卻已經一無所有。

然而仔細想想，或許就是這麼回事。沒有人一生下來就是惡人。原本以為自己走在正途上，但不知從什麼時候走偏了。即使如此，仍舊有無法讓步的堅持，無法改變自己的生存方式。

所以才會來到這裡。

唉，就像這名少年所說的。

我們都有些歪斜、扭曲——卻無法停止繼續活下去。

……不過，佐井已經累了。

「再會，雙岡。」

部下的聲音彷彿來自很遠的地方。為什麼要哭？我騙了妳。而且這種事，不過就是一個人的人生閉幕而已，沒什麼大不了的。一個「業」的結束。這是妳今後想必也會繼續見證的眾多死亡之一——

佐井征一抽出左輪手槍，對準太陽穴，扣下扳機。

「我最討厭到處展現無知善良的妳。」

隨著火藥爆炸的聲音，男人的意識被奪走了。

兩人目送載著佐井的直升機離開。

負責處理超能力者的公安人員在東彌聯絡後，總算到場，此刻正忙著整理建築物內部。關於戻橋東彌這名超能力者的處理方式，要聯絡本部之後再討論。現在是激烈戰鬥之後短暫的寂靜時刻。

建築物周圍安排了幾名公安警察，以銳利的視線監視兩人有沒有逃跑，不過只要不去在意就不用在意，因此東彌和珠子坐在外面的長椅上，仰望星空。

不，就珠子而言，應該說是顧不得在意監視者比較恰當。

「……佐井分部長是個很好的上司。他是我的恩師，也是恩人。」

「可是他騙了妳。」

「就算是這樣……」

沒錯，就算是這樣……

對雙岡珠子來說，他仍舊是無可取代的對象。

即使佐井征一這個人的一切都是謊言，但只有這一點是真的。

她無法繼續說下去。東彌輕輕擦拭她快要掉下來的眼淚，輕聲說「沒錯」。

「說謊真難……」

珠子暫時低下頭，忽然想起某件事。

「……C檔案……對了，C檔案在哪裡？找不到關鍵的檔案，我們的努力和佐井分部長的死，都會變得沒有意義！」

「嗯？那東西就在那裡啊。」

一反珠子凝重的表情，東彌照例以輕佻的態度指著公民會館的入口。

珠子想問「在那裡面的什麼地方」，卻被東彌制止。東彌繼續說：

「根據我的猜測，『C檔案』記錄的應該是擁有超能力者素質的新生兒所在地。小珠，妳不是說過嗎？『父母親是超能力者，小孩也容易成為超能力者』，還有『能力通常在青春期展現』。檔案記錄的是雙親當中某一方是超能力者的小孩名字和地址，所以在十五到二十年間，檔案本身沒有功效。因為要過這麼久的時間，才知道這些小孩有沒有變成超能力者。」

「哦，好吧……我了解你的假設了，問題是檔案在哪裡？」

「我說過在那裡。」東彌再度指著玄關繼續說，「墨鏡先生得到的情報是『檔案在這座建築的周邊』，另一個提示是『巽』，對不對？『巽』指的應該是十二地支的『辰』和『巳』，以方位來說就是東南。位在建築物東南的就是那個吧。」

「那個？」

「就是奠基石。奠基石自古以來就常放在東南方，妳沒聽說過嗎？」

「沒有……」

「這樣啊？總之，檔案大概就在奠基石裡面。如果我剛剛的猜測沒錯，檔案的效力在十幾二十年之後會變得最大，所以伯樂某某人當時才把它藏在這段期間絕對不會有人打開、不會有人知道、也不會檢視裡面的地方。」

「那就是奠基石裡……」

「沒錯。伯樂某某人一定是打算在大約十五年之後，找個理由破壞這座建築、挖開奠基石吧。只不過他在那之前就過世了，所以擺到今天……」

珠子摸著骨折的手臂說：「原來如此。」

奠基石存在於每一座建築，平常絕對不會受到矚目，更不可能有人檢視裡面。以經年累月為前提藏匿某樣東西時，是最佳的場所。不過光憑「東南」這個提示就能得到答案，這個少年的腦袋究竟是怎麼搞的？

然而，她心中立刻浮現新的疑問：

「……等一下。如果檔案在奠基石裡，那張磁片是什麼？」

「哦，那只是我從家裡帶來的。」

「你真的是如假包換的騙子……」

「我才沒騙人。如果小珠被騙了，那只是妳自己誤會。而且我不能說謊。」

東彌從長椅站起來，仰望天空說：

「我的能力是『操控對自己說謊的人』，可是有一個代價，那就是『自己一輩子都不能說謊』。所以我和小珠見面以來，直到現在，雖然曾試著用態度或行動欺瞞，或在面對問題的時候設法矇混過去，可是一次都沒有對妳說謊。」

「……真的嗎？」

「真的喔。所以說——」

東彌笑了。

不是空虛又瘋狂的微笑，而是隨處可見的那種少年的可愛笑容。

「所以我說我喜歡小珠，也是真心話。」

「呃……什麼？」

「謝謝妳，小珠。謝謝妳選擇我，參與我的賭局。」

還有，我喜歡妳——少年笑著說。

看到那毫無虛假的笑容，珠子只能轉開通紅的臉。

後記

初次見面的人，請多多指教。如果不是第一次見面，就要感謝您平日以來的關照。我是吹井賢。

《破滅的倒懸者》這部作品獲得第二十五屆電擊小說大賞的Media Work文庫賞，令我愧不敢當。我在第二十五屆比賽中投了幾部作品，這些作品的共通點是「至少會包含鬥智與心理戰的要素」。

我原本就是從推理小說入門、開始閱讀的，或許也因為如此，作品大多是先想好謎底再寫作。這幾乎等同於重視「埋下伏筆，在故事最高潮的地方解謎」，可說是典型的推理小說結構。

這本《破滅的倒懸者》既是古典的推理小說（冒險要素強烈的解決問題類故事），同時是賭博和心理小說。故事雖然是以主角對抗敵人的形勢發展，不過在後設上則是「描寫主角策略與故事的作者」對上「一面預測劇情發展一面閱讀的讀者」這樣的形勢。如果讀者對主角的奇招與故事發展感到驚訝卻能接受，並且樂在閱讀當中，就是身為作者的我獲勝；如果不是的話，就是我輸了。

如同主角戻橋東彌的角色塑造，這部作品設計得較為扭曲複雜，不知各位喜不喜歡？從後記開始閱讀的讀者，則不知會不會喜歡？

最後要簡單地寫下感謝辭。

在百忙當中畫出美麗插圖並給我加油訊息的カズキヨネ老師，同樣在忙碌當中替我寫日文版書腰推薦文的佐野徹夜老師、神康幸老師，真的很感謝你們。另外，由於本書是Media Works文庫賞的得獎作品，因此我也想要對各位評審委員、參與電擊大賞的眾多相關人士表達謝意。編輯A總是給我很多幫助與照顧，讓我抬不起頭來……不是騙人的！我是真的這麼想！還有，在我還沒沒無聞的時候就替我加油的朋友們，也要跟你們說謝謝。沒想到我真的會成為作家吧？

如果這本書能夠為各位讀者提供一時的娛樂，對作者來說就是最大的喜悅。

吹井賢

國家圖書館出版品預行編目資料

破滅的倒懸者 1 ：內閣情報調查室「特務搜查」部門 CIRO-S / 吹井賢作；黃涓芳譯.
-- 初版 . -- 臺北市：臺灣國際角川, 2020.07
面；　公分 . --（輕 . 文學）

譯自：破滅の刑死者 . 內閣情報調查室「特務搜查」部門 CIRO-S
ISBN 978-957-743-889-8(平裝)

861.57　　109006795

輕文學 Light Literature

破滅的倒懸者 1 內閣情報調查室「特務搜查」部門 CIRO-S
原著名＊破滅の刑死者 內閣情報調查室「特務搜查」部門 CIRO-S

作　　者＊吹井 賢
插　　畫＊カズキヨネ
譯　　者＊黃涓芳

2020 年 7 月 9 日 初版第 1 刷發行

發 行 人＊岩崎剛人
總 編 輯＊呂慧君
副 主 編＊溫佩蓉
美術設計＊林慧玟
印　　務＊李明修（主任）、張加恩（主任）、張凱棋

台灣角川

發 行 所＊台灣角川股份有限公司
地　　址＊105 台北市光復北路 11 巷 44 號 5 樓
電　　話＊（02）2747-2433
傳　　真＊（02）2747-2558
網　　址＊http://www.kadokawa.com.tw
劃撥帳戶＊台灣角川股份有限公司
劃撥帳號＊19487412
法律顧問＊有澤法律事務所
製　　版＊尚騰印刷事業有限公司
I S B N＊978-957-743-889-8